TAKE
SHOBO

破滅ルート回避のため婚約破棄したい悪役令嬢ですが王太子殿下の溺愛がMAXです！

別れたいのに婚約者に執着されてます!?

七福さゆり

Illustration
なおやみか

contents

イラスト／なおやみか

破滅ルート回避のため 婚約破棄したい
悪役令嬢ですが
別れたいのに婚約者に執着されてます!?
王太子殿下の溺愛がMAXです!

プロローグ　まさかの転生先

「シルヴィお嬢様は、一体どうしてしまったのかしら」

「本当よね。あんなに我儘（わがまま）で、しょっちゅう癇癪（かんしゃく）を起していたのに、今はあんなに穏やかになって……」

「穏やかなだけでなく、優しくなられたわよね。私、この前、『いつもありがとう』って言われちゃったわ」

「私もよ。お部屋に花を飾ったら、『あなたが飾ってくれるお花は、いつも綺麗（きれい）だから楽しみにしているのよ』って言われちゃった」

「今まで、悪魔に憑りつかれていたんじゃないかしら？　頭を打った衝撃で、どこかへ行って本来のご性格に戻られたのかも」

　廊下の一角で、使用人たちがヒソヒソ話しているのを聞いてしまった私は、立ち聞きしたことに気付かれないように物陰にこっそり隠れ、苦笑いを浮かべた。

惜しい！ 悪魔じゃなくて、異世界人よ。

私の名前は、シルヴィ……サフィニア国で唯一の公爵位を持つ名門ティクシエ家の長女であり、第一王子リオネルの婚約者だ。

私は、この国では異端な存在だ。

私は……というか、中身がといった方が正確でしょうね。このことに気が付いたのは、先月頭を打ったことがキッカケだった。

思い出さなかった方が、幸せだったかしら――ううん、思い出せて幸運だったわ！ だって、あのまま何も知らずにシルヴィとしての人生を送っていたら、必ず破滅の道を歩くことになるんだもの！

使用人たちが立ち去るのを確認し、私はスクッと立ち上がる。

「絶対、生き残って幸せに暮らす……！」

こうして目標を口にすることで叶(かな)いやすくなるというのは、前世で読んだ自己啓発本の影響だ。

簡潔に説明すると、どうやら私は、前世でプレイしていた十八禁乙女ゲーム『聖なる乙女の恋煩い』の中のキャラクターである、悪役令嬢のシルヴィに転生してしまったようなのだ。

第一章　設定と違う

「は～……最高だった。全エンディングコンプリートしたし、ネットでファンアート探そっと」

私の名前は、双葉朱里、二十四歳で今年社会人二年目を迎えた。

容姿、能力、ともに平々凡々な人間で、趣味は乙女ゲームだ。乙女ゲーム内での恋愛にハマったせいで目が肥えちゃって、実生活での恋愛経験はゼロ……。

最近プレイした中で特によかったのは、『聖なる乙女の恋煩い』というタイトルの十八禁ゲームだ。

中世ヨーロッパをベースにした世界観だから、ドレスや背景がとても華やか。不思議な力がある世界で、聖女がその力で国を守っているという設定だ。

主人公ソフィアは子爵家の私生児で、異母姉に虐められながら不遇の幼少期を送っていた。

でも、十七歳になった年の冬に大聖堂で働くことになり、それがキッカケで聖女としての力に目覚めたが、第一王子、大司祭、公爵子息と恋に落ちる物語……。

私の推しは、第一王子のリオネル・ペルシエ！

艶（つや）やかな黒髪に、海を閉じ込めたような青い目のイケメンだ。全部のキャラ攻略した後に、もう一周しちゃったくらいお気に入り！

このゲームの企画とシナリオを担当したライターは、ドロドロした後味の悪い作品を書くことで有名な小説家だ。

だからもしかしたら、そういった描写があるんじゃ？　と警戒したけど、そんなことはなく普通の純愛で安心した。

ファンアートを探そうとしたその時、電話が鳴る。

嫌な予感……。

それは的中した。上司からの電話で、理不尽な言いがかりをつけられてこれから出社することになってしまったのだった。

ああ、もう、金曜日の夜が台無し……！

さっき脱いだスーツに再び袖を通して、駅に向かう。信号が青になったのを確認して歩き出したその時、止まっていたはずの車が突然発進した。

「えっ」

ドンッ！　という衝撃と共に身体が浮き上がり、目の前がスローモーションのようにゆっくり動く。

え？　何？　あれ？　私、車に跳ねられた？

地面に叩きつけられ、頭を強く打った瞬間——目の前が真っ暗になった。

「……ヴィ……ルヴィ……」

誰かが遠くでなんか言ってる。何？

「……シルヴィ！」

ぼんやり目を開けると、日本人とはかけ離れた容姿をした人たちが、心配そうに私を見下ろしていた。

え？　何？

私は金髪の男性に支えられ、床に座っていた。絨毯がフワフワだから、お尻はちっとも痛くない。でも、後頭部がものすごく痛い。

なんで私、こんなところに座ってるの？　ていうかここ、どこ？　私、車に跳ねられたんじゃ……病院とかじゃないよね？

「ああっ！　シルヴィ、よかった！　死んでしまったかと思ったわ……」

金髪の美女が涙を流し、私をギュッと抱きしめる。

「えっ！　あっ⁉」

あれ？　何この声、私の声？

「……」

黒髪に青い瞳の小さい男の子が、無言のまま蔑むような目で私を見ていた。

うわっ！　何この子、すっっっごい可愛いんだけど⁉

……って、あれ？　なんかこの子、私の知ってる誰かに似てるような？　でも、私、日本人以外の知り合いなんていないし……。

というか、さっきからシルヴィ、シルヴィって何？　どうして私のことをシルヴィなんて呼ぶの？

「…………あっ！」

次の瞬間、ものすごい勢いで頭の中に記憶が流れ込んできて、頭の中で混ぜ合わさる。

「シルヴィ？」

青い瞳が、私を見つめる。

――そう、私はシルヴィ、ティクシエ公爵家の長女で、今日はサフィニア国城を訪れ、リオネル王子と正式に婚約したんだ。

頭が痛い……そうだ。私、我儘を言って、九歳の子供のくせにヒールの高い靴を履いたせいで足をひねらせて転んで、頭を打ったんだ。

でも、私は双葉朱里で……あれ？　サフィニア？　リオネル王子？　えっ⁉

「……っ……っ……っ？」

嘘！　ここ、『聖なる乙女の恋煩い』の中⁉　しかも、私……よりによって、悪役令嬢のシルヴィ・ティクシエ⁉　私、ゲームの中に転生しちゃったってこと⁉

「嘘……でしょ？」

「シルヴィ⁉　しっかり！　早く医者を……」

「シルヴィ、気を確かに……！」

頭の痛みがピークに達し、私は意識を手放した。現実逃避したいといった気持ちもあったからかもしれない。

あれから一週間が経つ。

さっきのは夢だった。私は元の世界に戻って、前のように上司にいびられている……なんて流れになるわけもなく、私は相変わらずシルヴィ・ティクシエだった。

私、あの時、車に撥ねられて死んじゃったんだわ。そしてシルヴィに転生しちゃったのね。

「だわ」とか「のね」なんて、前世の自分では一度も使ったことのない口調だ。転生した時の記憶と前世の記憶が混ざり合い、喋り方もシルヴィ寄りになってきた。

転生ものの漫画やアニメは結構見てきたけど、まさか自分が転生するなんて思ってもみなかった。

お願い！　誰か、夢だって言ってー……！

私は広い自室の窓辺にある椅子にぼんやり座り、空を見て現実逃避をしていた。

「シルヴィお嬢様、失礼致します。まあ！　まだ寝ていないと駄目ですよ。さあ、ベッドにお戻りになってください」

でも、現実はそれを許してくれない。

「アン、大丈夫よ。だからこのままでいさせて」

「いけません。お医者様に絶対安静と言われているじゃないですか」

「座ってるだけよ?」

「ベッドで横にならないと駄目です」

部屋に入って来た侍女のアンに抱かれ、私はふかふかのベッドに戻された。

「あーん、もう、大丈夫なのに……でも、心配してくれてありがとう」

お礼を伝えると、アンが目を大きく見開いて口元を押さえる。

「シルヴィお嬢様が私に『ありがとう』だなんて……もう一度、お医者様に診て頂いた方がいいかも……旦那様に相談してまいりますっ!」

「そ、相談しないで! 本当に平気だから!」

生まれた時から記憶があれば、みんなに酷い態度を取らなかったのに! 思い出すタイミングが遅いのよ!

アンが出て行った後、ベッドの隣にある引き出しから手鏡を取り出して顔を眺める。そこには輝くような金色の髪に、エメラルドのような瞳の美少女が映っていた。

自分でもうっとりするぐらい美しい……けど、容姿だけよくても、悲惨な目に遭うのはねぇ……。

「はぁ……」

美しき悪役令嬢シルヴィ・ティクシエ――。

彼女はリオネル王子の婚約者だったんだけど、傲慢で我儘な性格で、婚約していながらも、リオネル王子からは嫌われていた。

ううん、それどころか誰からも嫌われ、彼女を好いている人は悲しいことに、両親だけだった。

婚約の件だって、シルヴィが一方的にリオネル王子を好きで、公爵である父親に我儘を言って結んだものだ。

シルヴィの父が何度も積極的に国王にお願いし、国で一番身分が高い令嬢だからとようやく婚約に漕ぎ着けた。

でも、以前からリオネル王子はシルヴィの傲慢さにうんざりしていたから、喜んでいるのはシルヴィだけだったってわけ。

そんなシルヴィはどの攻略キャラのルートでも悲惨な末路を辿る。

シルヴィはなんとしてでもリオネル王子の気を惹きたくて、自分には聖女の力があると言い出すのだけど、本当の聖女は主人公であるソフィア……。

ソフィアのことを邪魔に思うシルヴィは、彼女に次々と嫌がらせをし、リオネル王子の怒りを買う。

最終的にリオネル王子のルートでは、聖女だと嘘を吐いた罪で処刑された。

そして公爵子息のルート（つまりシルヴィの兄ね）では、リオネル王子によって断罪された上、両親と公爵子息に見放され、勘当され家を追い出されて娼婦になり、客に薬を使われて薬物依存症になって、美しかった姿は見るも無残なことに……。

大司祭のルートでは、これまたリオネル王子に聖女だと嘘を吐いた罪で国外追放され、その先で奴隷商人に掴まり、外国の貴族の性奴隷となった。

神様は意地悪だわ。どうしてよりによって、シルヴィになんて転生させるの⁉　不幸な末路しか待ってないじゃない！　私が前世で大罪を犯した極悪人ならまだわかるわよ？　バチが当たって来世では酷い目であうみたいな感じにね。

でも、私、なんにも悪いことしてないもの！　上司にいびられながらも一生懸命働いてただけなのにぃいいいい……！

本当に思い出すタイミングが遅い。

赤ちゃんの頃から記憶があれば、リオネル王子との婚約を阻止することができたかもしれないのに、よりによって婚約が済んだ後に思い出すなんて！

元の世界にはきっと戻れないだろうし、この世界で生きていかなければいけないわけだけど、絶対にどのルートの結末も嫌！

この世界は、どのルートなのかしら……。

どのルートでも、リオネル王子は主人公ソフィアを好きだった。

傲慢なシルヴィは元々リオネル王子に嫌われていて、彼の興味を惹くために自分が聖女だと言い出したことでさらに嫌われた。

そしてリオネル王子がソフィアに恋をしたのを知ったシルヴィが、彼女を陰で苛め出したことで、彼はもうシルヴィの名前を口にすることすら耐えられないぐらい、彼女を嫌ったのだった。

そういえば、転んで頭を打った私を見下ろしていた時のリオネル王子、すっごく蔑みの目を向けていた。

うう、推しに嫌われるなんて辛い……。

でも、無理もない。リオネル王子には傲慢、我儘の限りを尽くしてきた。

例えば自分が満足するまで可愛いと言わせたり、リオネル王子の友人の悪口を目の前で言って反応を見たり、せっかく持ってきてくれたプレゼントにケチをつけて、目の前で壊してみせたり……。

ああっ！　ちょっと思い出しただけで酷い。

本当に、どうしてもっと前に転生したことに気付かなかったの⁉　って何回後悔しても、もう遅いのよ。

嫌われてしまったことは、もうどうしようもない。

でも、まだ悲惨な目に遭わないようにする回避策を考えるには十分間に合う。酷い目に遭うのはシルヴィが十七歳の時だもの。今はまだ九歳だしね。

悲惨な目に遭わないためには、まず自分を聖女なんて名乗らないこと！　これは絶対よね。

それからリオネル王子と、早急に婚約破棄すること！

ソフィアと結婚するためにはシルヴィは邪魔でしかないもの。邪魔者はさっさと退散！　それに推しに嫌われるなんて、精神的に辛いものね！

その後は、どうしよう。元王子の婚約者……なんて、公爵家の令嬢とはいえ、いい縁談が来るとは思えないのよね。

ていうか、推し以外と結婚だなんて考えられない！

どうしたらいい？　……そうだ。国外逃亡なんていいんじゃない⁉　どこか外国で働いて、自活していけば結婚せずに済む！　今から資金を貯めよう。

それから、傲慢な態度を取ってしまった人全員に謝ろう。これは何か目的があるわけじゃなくて、単純に私が謝らないと嫌だから。

人に意地悪されることはあっても、自分からするなんて以ての外なのよ！　前世の記憶がなかったとはいえ、私がやったことには変わりないわ。

「よーし、生き残って、絶対幸せになるわよっ！」

こうして私は、生き残るための作戦をスタートさせたのだった。

私は一か月ほどの時間をかけて、迷惑をかけた人たちに直接謝ったり、謝罪の手紙を書いて送った。

みんな謝罪を受け入れてくれたけれど、私は国唯一の公爵家の息女で、身分が高いからだと思う。「謝ったって許さない！」って思っても、素直にその感情を露わにできる人は立場上いない。

私だって上司に「今までごめん」なんて謝られたら、あの会社に勤めている限りは許せないなんて言えないものね。

どうしても謝りたかったけれど、私の自己満足になってしまったかも……。

それからシルヴィが好んで着ていた服装やアクセサリーを改めた。

シルヴィは派手なのが好きで、装飾品も、ドレスも、靴も全部派手！

おまけに本人の顔立ちも派手だからごっちゃりして見える。なので、なるべく本人の素材を生かして、バランスがよく見えるようにコーディネートした。

何度も鏡の前に立って、くるりと回る。

うんうん！　最高！　我ながらセンスいいわ～！　元々美しいシルヴィがさらに引き立って見える。

家族からは頭を打った衝撃でおかしくなったんじゃないかと疑われて、何度かお医者様を呼ばれてしまった。

使用人からは頭を打ったことで、私の中にいた悪魔が払われてまともになった……なんて陰で言われている。

まあ、無理もないわよね。

ちなみに婚約をやめられないかと両親に相談したら、そんなことできるわけがないと一蹴されてしまった。

そうよね。よほどのことがない限り、こちらから婚約解消を申し出るなんて無理よね。相手は王子だし。

私からの婚約解消の申し出は難しいだろうけれど、リオネル王子側からならそこまで難しくないんじゃないかしら。

まあ、そんなことがなくとも、ソフィアと出会えば彼女と結婚したいから、私とは適当な理由を付けて婚約破棄してくれるだろう。でも、そこまで待てないのよ！　婚約したままじゃ、外国に高跳びなんてできないんだから。

「シルヴィお嬢様、リオネル王子がいらっしゃいました」

来たわ……っ！

「ありがとう。こちらにお通しして」

「かしこまりました」

ドキドキしてきた。

実は今日、リオネル王子と会う約束をしているのだ。

一番の被害者である彼には、手紙での謝罪じゃなく直接会って謝りたいと思って、真っ先に会いたいと手紙を送った。

でも、都合がつかないからと断られてしまった。

まあ、シルヴィに会うのは必要最低限にしたいわよね。

けれど、そういうわけにもいかないからと、それから何度も手紙でお願いをして断られ続け、ようやく今日会うことができることになったというわけだ。

ああ、緊張してきたわ……。

「失礼するよ」

リオネル王子が入って来た瞬間、空気が煌めくのを感じた。

綺麗に切りそろえられた艶やかな黒髪、海を閉じ込めたように美しい青い瞳、眉、目、鼻、口、一つ残らず完璧な位置に配置されていて、緊張を忘れて見惚れてしまうほどの美貌は芸術品のようだ。

アンがお茶を淹れてくれて、すぐに下がって行った。

「リオネル王子、いらっしゃいませ。来てくださって、ありがとうございます」

「……ああ、もう、具合はいいの？」

えーっと、シルヴィの一つ上の設定だったから、十歳よね？

十歳なのに、随分と落ち着いていて大人びてるわね。王族としての教育を受けているせいかしら。

「ええ、もうすっかり」

「見舞いに来られなくてごめん。なかなか都合がつかなくて」

シルヴィのことが大嫌いなんだもの。予定が空いていたとしても来たくないわよね。今日も渋々来たはず……。

「いいえ、お忙しい中、気にかけてくださってありがとうございます。お花やお菓子の贈り物、とても嬉しかったです」

そう、リオネル王子は直接来られなかったものの、私が完治したという知らせをお父様が出すまでの一週間、お見舞いの品を毎日送ってくれた。

あんなに酷い目に遭わされて、いつも毎回持ってくるプレゼントを散々貶(けな)されていたにもかかわらずだ。

世間体を気にしてのことだろうけれど、立派だわ。こんなに幼いのに。

「いいえ、でも、シルヴィ嬢にとっては、どれも気に食わないものだったのでは？」

チクリと嫌味(いやみ)。まあ、言いたくもなるわよね。

それにしても、無表情だわ。

ゲームの立ち絵では笑っている顔ばかりだったけど、シルヴィの前ではこんな顔をしていたのね。

「とんでもないです。最初の薔薇(ばら)はとても綺麗でした。あんなに綺麗な薔薇は初めて見ました。枕元に飾ってもらったら、いい香りがして薔薇園を歩く夢を見たんですよ。それから次の日に送ってくださったチョコレートもとても美味(おい)しかったです。中に甘酸っぱい苺(いちご)のジュレが入っているから、もういくつも食べてしまって止まりませんでした。それから……」

私はここ一週間で頂いたすべての贈り物の感想をリオネル王子に伝えた。

ちなみにお世辞じゃない。彼が贈ってくれたものはどれもセンスが輝いていて、お菓子は全部もう一度食べたいと強く思うぐらい美味しかったのだ。

私が絶賛するのを聞いたリオネル王子は、青い目を丸くしていた。

「リオネル王子?」

声をかけると、ハッと我に返ったようだった。

「……あ、ああ、そう、それはよかった」

「ええ、ありがとうございます」

私もお返しを送らないとね。何がいいかしら。

リオネル王子は甘い物が好きだったから、お菓子だと喜んでもらえるかも。ゲームの中では、ソフィアの手作りお菓子をすごく喜んでたものね。

まあ、シルヴィの手作りなんて嫌だろうから、既製品にさせてもらうけど。街で流行ってるものを探しましょう。

「今日もお土産を持ってきていて」

リボンのかかった箱をくれた。

「えっ!　ありがとうございます。何かしら。開けてもいいですか?」

「お好きにどうぞ」

箱を開けると、色とりどりのギモーブが入っていた。

「わあ！　ギモーブですね。嬉しい。いただいてもいいですか？」

リオネル王子がぶっきらぼうに「どうぞ」と返事をするのを聞いて、オレンジ色のギモーブを抓んで口に運ぶ。

口の中でふわっと溶けて、オレンジの爽やかな甘みが広がる。

思わず頬に手を当て、「ん～～！」と声が出てしまう。

「うわあ、美味しいっ！　リオネル王子、ありがとうございます。残りの味もいただくのが楽しみ」

感想を言う私を見て、リオネル王子がまた驚いた表情を見せる。

あ……あまりにも以前のシルヴィと違いすぎて不審がっているのかしら。

まあ、そうよね。シルヴィは何を食べても「いまいち」か「まあまあ」しか言わなかったものね。美味しいと思ってるくせに、意地っ張りなんだから。

「……それはよかった。それで、今日はどういった用件で招待してくれたのかな」

「あ……ええ」

緊張してきたわ……。

私はギモーブの箱を閉めてテーブルに置き、姿勢を正した。

「これまであなたに酷いことをしてきたのをお詫びしたくて……」

「えっ」

今まで謝罪してきた人たちと同様に、リオネル王子は大きく目を見開いて驚いていた。

「これまで酷いことをして、ごめんなさい。もう、これからはあんなことはしませんし、許してほしいなんて図々しいことは言うつもりはありません。ただ謝らせていただきたくて……本当にごめんなさい」

リオネル王子は、今まで謝ってきた人の中、家族以外で私より唯一身分が高い人――。

今までの人たちは身分を気にして建前上許してくれたけど、この人は許さなくてもいい人だ。どう、返ってくるだろう。

驚いていたのは一瞬のことで、リオネル王子はすぐに元の表情を取り戻した。

「急にどうしたの？　それに、いつもより話し方も大人びているし、まるで中身だけ違う人間みたいだ」

し、しまった……！

九歳にしては大人っぽい話し方だった!?

実は両親とお兄様からも突っ込まれて、子供っぽく、かつ貴族っぽい感じが抜けないようにって喋(しゃべ)ってたつもりだけど、中身は二十四歳だものっ！　緊張のあまり素が出ちゃってたのかも！

「……っ……リ、リオネル王子だって、大人びた話し方をされるじゃないですか?」

「まあ、そうだね」

「私もティクシエ公爵家の令嬢として、リオネル王子のようにしっかりとしなければと思って、話し方を改めたのです」

「……そう」

納得してくれたみたいね! よかった。

「頭を打った衝撃で、自分が最低だってことに気付いたんです。だから、今までご迷惑をかけてしまった全ての方に謝ろうって決めて……その中でも一番ご迷惑をかけたリオネル王子には、どうしても直接謝罪がしたかったんです。何度もお呼びたてしてごめんなさい」

「驚いた。よほど打ち所が悪かったんだね」

「いいえ、むしろよかったんです。頭を打っていなければ、自分の愚かさに気付けませんでしたから」

本当にそう。思い出せていなかったら、生まれ変わっていたことにも気付かず、悲惨な目にあっていたはず。

「婚約する前に、自分の愚かさに気付けばよかったのですけど……こんなことになってしまって、本当にごめんなさい。私はリオネル王子の婚約者に相応しくないということが、ようやくわかりました。なのでこの婚約はなしにしたいと思っています」

「えっ」

あ、驚いてる。

そうよね。シルヴィが強引に婚約を迫ったのだもの。突然なしにしようだなんて言われたら驚いて当然よ。

「私の方からお父様にお願いはしたのですけど、立場上無理だと言われてしまいまして。お手間を取らせてしまって申し訳ないのですが、リオネル王子の方から破棄に向けて動いていただけないでしょうか？　あっ！　婚約してすぐに解消というのは体裁が悪いでしょうし、ある程度時間が経ってから……というところでどうでしょう？」

リオネル王子はよほど驚いているみたいで、何も答えてはくれない。

「私から強引に迫った婚約ですし、リオネル王子も私のことはお嫌いなので問題ないですよね？」

「嫌い？」

「はい、お嫌いでしょう？」

私は好きだけどねっ！　あーあ、なんで私、シルヴィじゃなくてソフィアに転生してこなかったのかしら。

「………」

リオネル王子は腕を組み、私をジッと見て考え込む。

な、何かしら……。

即答できるくらい嫌われていると思ってたけど、(というか、私がリオネル王子の立場だったら嫌いだわ) 実は、そうじゃないのかしら。だとしたら、相当心が広いわよね。

いや、こんな悪女を嫌わないわけがないか。そうよね。きっと、言いづらいんだわ。

「お気を遣わないでくださいね。正直に仰っていただいて大丈夫ですので」

ニコッと笑い、この重苦しい空気をどうにかしようとしたけど、リオネル王子は黙ったままだ。

「あの、リオネル王子？」

「……ん？　ああ、ごめん。ちゃんと聞いているよ」

「そうでしたか」

「………」

「…………？」

聞いているのなら、何か言ってよ……！

まあ、焦るのはよくないわ。

今日は自分の気持ちを伝えられただけでもよしとして、これから会うたびお願いしてみましょう。

「えーっと、今後はお会いしたいなんて我儘は言いませんので、どうしても必要な時だけお会いするようにしましょうね」

「…………」

リオネル王子は腕を組んだまま、私をジッと見続けている。

「…………リオネル王子？」

「……………ん？　ああ、聞いているよ」

だ、大丈夫かしら。

「……あ、そのチョコとても美味しいので、もしよければ紅茶と一緒にどうぞ」

「ああ、ありがとう」

その後もリオネル王子は心ここにあらずと言った様子で、なんだか気まずい時間を送ったのだった。

それから私は宣言通り、会いたいからと言ってリオネル王子を呼び出すことはやめた。両親たちが親交を深めるために設けた場や、公式の場でのみ顔を合わせている。

以前はリオネル王子と会うたびにベタベタくっ付いたり、我儘を言って彼の反応を見て楽しんでいたりしたけど、もちろん一切やめた。

身体には絶対に触れない。会話は最近興味を持っていることや、美味しいお菓子の話とか、家の犬が可愛いとか、そういった他愛のない話を振った。

初めは戸惑っていたリオネル王子だったけど、数年もそうやって繰り返していると、親しげに接してくれるようになって、自分の興味を持っていることなども話してくれるようになった。

恋愛感情じゃなくても推しが親しくしてくれる！　推しが自分の話をしてくれる！　それはとんでもなく嬉しいことだった。

婚約破棄の後も、友人関係を築けるんじゃゃ……なんて欲も出てくる。

「シルヴィ、お邪魔するよ。急にごめん。今日は屋敷で過ごしているって聞いたから、少し会えたらと思って」

「リオネル王子、いらっしゃいませ。来てくださって嬉しいです」

私から呼ぶことはなくなったけど、時間ができるとリオネル王子から訪ねてきてくれるようになった。

これは、本当に友人になれるかもしれない！　悲惨な末路を辿らず、幸せなハッピーエンドが待ち受けているのかも！

現在私は十五歳、リオネル王子は十六歳になった。

ちなみにまだ婚約破棄はできていない。

「本を読んでいるところだったんだ。邪魔をしてしまったかな」

「いいえ、本はいつでも読めますから。それに、リオネル王子とお話する方が、本より楽しいです」

何せ、推しだしね！

そう答えると、リオネル王子が口元を綻ばせる。

「何の本を読んでいるの？」

「これはベロニカ国について書かれている本ですよ」

「へえ、ベロニカに興味があるの？」

「はい、すごく治安がよくて、一年中温かい国なので、ずっとお花が咲いているんですって。それに海に面しているので貿易が盛んで、珍しいものがたくさんあるみたいですよ。魚介類も生でいただけるみたいです」

はあ……お刺身なんて、こっちに来てから食べてないものね。お寿司が食べたい……ネギトロが食べたいわ。

「へえ、旅行に行ったら楽しそうだね」

「そうなんですよ」

それに私のような金髪はこの国では珍しいけれど、ベロニカ国では結構居るみたい。

この国なら変装したとしても、この髪でリオネル王子の元婚約者ってことがすぐにバレてしまう。でも、ベロニカ国でなら素性を知られることなく暮らしていけそう。

「他国のことを色々調べたんですが、やっぱりこの国が移住の第一候補かなって」

お寿司屋さんでも開いてみようかしら。あ、でも、温かい国だと傷んじゃうかしら。食中毒が怖いわよね。

「移住？」

リオネル王子が、目を丸くする。

しまった。テンションがあがって、つい口が滑ってしまった。

でも、いいか。

リオネル王子も婚約破棄したいと思っているんだし、私がその後どうやって生きようとしているかを伝えても、文句を言うはずないわよね。

「えっと、ですね。リオネル王子と婚約破棄をした後は、この国を出て暮らそうって思っていたんです。それで移住候補を色々と探しているんです。あ、私の家族には、まだ内緒にしていてくださいね。絶対に反対すると思うので」

告白すると、リオネル王子を取り巻く空気が鋭くなったのがわかった。

「俺は婚約破棄をするなんて認めていない」

そうよね。世間体があるもの。でも、大丈夫、ソフィアが現れたらすぐに婚約破棄したくなるはずだから。

「大丈夫です」

「何が大丈夫なんだ?」

不機嫌そうなリオネル王子に対して、私は慈愛に満ちた笑みを浮かべうんうん頷く。

「ふふ、内緒です」

とんでもなく大好きな人が現れますから……なんて言ったら怪しまれちゃうものね。あ～!言えないってもどかしい。

ふと、リオネル王子が何か持っているのに気が付いた。しかも、なんだか甘い香りがする。美味しいお菓子の予感だわ……!

「あれ?　それなんですか?　いい香りがしますね。もしかして、お土産を持ってきてくださったんですか?」

「ああ、そのつもりだったけど、渡したくなくなったから持って帰ろうかな」

「えっ!　どうしてですか?」

「どうしても」

いつも大人びた表情と振る舞いをするリオネル王子だったけど、今日の彼はすねた子供のようだった。

もしかして、私が移住するのを寂しいと思ってくれてるとか？　やだ、何それ、可愛い。それってもう本当に友達ってことじゃない！　嬉しいわ。

「いいじゃないですか。ください」

「嫌だ」

「もう、意地悪しないでくださいよ」

なんだかんだ言いながらも、リオネル王子は私にお土産をくれた。

可愛らしいチョコレートと砂糖菓子の飾りがついた一口サイズのケーキで、少し変な空気になっちゃったけど美味しくいただいた。

やっぱり、リオネル王子の選んでくれるお菓子は最高だわ！

少し気まずくなってしまったけど、楽しい時間を過ごすことができた。

「リオネル王子、気を付けてお帰りくださいね」

「寒いから、中での見送りでよかったのに。いつも外まで送ってくれなくていいんだよ？」

「まあまあ、そう言わず。私がお見送りしたいだけですから、お気になさらないでください」

「そう？　まあ、俺は嬉しいけど、キミが風邪を引いてしまわないか心配なんだ」

「ふふ、私は丈夫なので大丈夫ですよ」

こんな気遣いをしてくれるまで関係が深まるなんて思わなかったわ。嬉しいものね。

リオネル王子が馬車に乗り込もうとした瞬間、彼を守っていた護衛の騎士の一人が剣を抜き、こちらに向かって切りかかってきた。

「死ね！　リオネル王子！」

嘘！　暗殺者!?

「……っ……危ない！」

リオネル王子は騎士団長にも勝利するほど強いと知っていたけれど、頭が真っ白になって彼の前に出ていた。

「シルヴィ！」

あ、まずい。私、また死ぬ……！

ここまで頑張ってきたのに、こんな死に方をするの？

リオネル王子が私を抱き寄せて剣を抜いたその時、私の身体から眩(まばゆ)い光が溢(あふ)れた。

「えっ」

「う、うわ……っ！」

その光は剣を弾(はじ)いて、暗殺者も吹き飛ばした。

え、今のは何？

「シルヴィ、キミは、聖女だったのか？」

リオネル王子に尋ねられ、ハッと我に返る。

どういうことなの⁉

ゲームで見たことがある。これは聖なる力、ソフィアが持っていた力と同じだ。どうして私がこの力を使えるの⁉

「い、いえ⁉　な……っ……そんなはずは……」

シルヴィは自分を聖女だって偽って破滅したのに、どうしてシルヴィにこんな力があるの⁉

本当に聖女だったっていうの？

ううん、そんなはずない。

真の聖女ソフィアが出てきた時、聖なる力を見せ合うシーンがあった。

でも、シルヴィは力を見せることができずに、偽聖女ということがわかったのよ。どのルートでも必ずあった。シルヴィが聖女なわけがない。

「聖女様……シルヴィ嬢は、聖女様だ……」

「聖女様……！　聖女様が誕生した！」

「ち、違……っ！　これは何かの間違いで……」

「聖女様の誕生だ――!」

違うのよ――……!

こうして私は、あれよあれよという間に聖女として祀り上げられてしまった。

何かの間違いだと訴えたけれど、王城に隣接されている大聖堂で聖力を測る装置で正式に認められてしまったのだった。

おかしい。ゲームの設定と違う。

私とリオネル王子の関係性がゲームとは違ってよくなったから、そのせいで設定が変わってきてしまっているのだろうか。

どうしよう。聖女はこの国を守る存在だもの。聖女になんかなったら、国外に逃亡できないじゃない!　私の計画がパーだわ……!

ああっ!　もう、どうするのよぉ………っ!

第二章　美味(うま)いチョコには裏がある

あれから二年、私は十七歳になった。とうとうヒロインソフィアが現れる歳だ。

確かソフィアが現れるのは冬――まだ八か月ほどある。

確実に生き残れるように、ソフィアが現れる前に婚約破棄をしたいと思っていたけれど、事を上手(うま)く運ぶことができなかった。

この国の王になることを約束されたリオネル王子と、この国を守る聖女のシルヴィ――二人が結ばれることは、周りから強く望まれているわけで……。

何度も婚約破棄を申し出たけど、リオネル王子は周りの希望を裏切れないみたいで拒否されてしまったし、その話をした時には必ず不機嫌になってしまった。

そうよね。周りと私との板挟みだもの。しかもすごく結婚したいならまだしも、本人は結婚したくないし、もどかしいでしょうね。

今の状況は設定とは違う。

私とリオネル王子の仲は良好、周りの人とも揉めていない。私は嘘じゃなく本当に力を手に入れて、聖女と言われている。

でも、その事情を伏せれば、ゲームの内容と同じなのよね。

私はリオネル王子の婚約者で、聖女と名乗っている。（名乗ってないけど！）このままじゃやっぱり悲惨な目に遭うんじゃやって、不安で頭がおかしくなりそうよ！

ソフィアが現れる前に婚約破棄できたら、ゲームの流れを大きく変えることができる。そうすれば悲惨なバッドエンドから解放されるかもしれないという安心感を得られる。

欲しい！　安心感欲しい！　不安で眠れないのも、バッドエンドの悪夢でうなされて飛び起きるのも、もう嫌なの！

聖女になった今、この国で暮らすしかできなくなったのだから、しっかりと安全を確保したい。

過去の聖女について調べたら、国に全てを捧げると結婚しなかった人が何人かいた。

ということは、リオネル王子と婚約破棄した後、強引に誰かと結婚させられるということはないということだ。

それだけは救いだわ……！

「シルヴィお嬢様、とてもお美しいですわ」

「さすがリオネル王子のお選びになったドレス！　シルヴィお嬢様の魅力をより惹きたてていますわ」

「ありがとう。みんなが頑張ってくれたおかげよ」

ワイン色のドレスは、派手な顔立ちのシルヴィによく似合う。

シルヴィに転生してから十七年も経つけど、今でもまだ鏡の前に立つと、その美貌に見惚れてしまうくらい美しい。

どんな格好をしても似合うから、おめかしするのが楽しいのよね。

今夜は王妃様の誕生日を記念して、王城で舞踏会が行われる。

もちろん私は、婚約者のリオネル王子のパートナーとして出席するので、彼と話す機会は多い。

今夜こそ、しっかり話し合って、婚約破棄を了承させたい……！

「シルヴィお嬢様、リオネル王子が迎えにいらっしゃいました」

「今行くわ」

玄関ホールへ行くと、私とお揃（そろ）いの生地で仕立てたスーツに身を包んだリオネル王子が待っていた。

ああ、眩（まぶ）しい！　相変わらず麗しいわ！

「リオネル王子、迎えにきてくださってありがとうございます。予定より到着が随分早かったですね？」

「ああ、早く着飾ったシルヴィに会いたくて。俺が贈ったドレス、よく似合っているよ。ホールにいる全ての人間が、キミから目が離せないだろうね。今日の主役の母上が気の毒になってしまうよ。まあ、仕方ないけれど」

リオネル王子は私の手を取り、チュッとキスを落とす。

歯が浮くような動作や台詞も、リオネル王子が言えば様になるのよね。後ろで見ていた侍女たちが、頬を染めてうっとりしている。

確かにシルヴィは美人だけど、リオネル王子の好みは派手なシルヴィじゃなく、ソフィアのような清楚な美少女だ。

でも、こんなお世辞を言ってくれるような間柄になれたのが、とても嬉しい。ゲームでの彼は、シルヴィにはお世辞どころか辛辣な言葉をぶつけてばかりだったもの。まあ、シルヴィが悪いんだけどね。

「ありがとうございます。リオネル王子こそ、とっても素敵ですよ。ずーっと見ていたくなるぐらいです」

思ったことを口にすると、リオネル王子が頬を染めてソワソワし出す。

ふふ、褒めることは慣れていても、褒められるのは慣れていないのね。格好いいのに、可愛いわ。さすが私の推し！

「本当にそうしてもらえると嬉しいんだけどな」

「ふふ、穴が開くほど見てしまいますよ？」

そんなやり取りをしていると、攻略キャラの二人目であるポールお兄様が階段から下りてきた。

「相変わらず妹と仲良くしてくださって何よりです。リオネル王子」

ポールお兄様はシルヴィと同じ金髪を後ろで一つに纏め、目にはモノクル（ポイント高い！）をかけている。

シルヴィは母親似で、ポールお兄様は父親似なので、共通点は髪と目の色ぐらいね。

ポールはソフィアから私と血縁であること、そして同じ髪と目の色ということで怯えられてしまい、元々兄妹仲が良くないシルヴィを嫌い始める。

「ああ、俺がシルヴィという素晴らしい人と婚約できたように、キミにもいい人が見つかることを祈っているよ」

「耳が痛いですね。妹がこのように見た目も中身も完璧なものですから、見る目が厳しくなってしまいまして」

　このように、私はポールお兄様との関係を修復することにも成功した。

　きっと私が婚約破棄をした時には力になってくれるはずだわ。……信じているわよ！　お兄様！　絶対よ！

「ああ、気持ちはものすごくわかるよ。でも、シルヴィと同等な女性を探すのは無理じゃないかな。こんな素晴らしい女性は、そう存在しないからね」

「そうですよね。妹を目標にしていては、私はいつまで経っても妻を迎えられませんし、そろそろ妥協しなくては」

　恥ずかしい会話だわ。聞いていると悶絶（もんぜつ）しそうになる。

「お、お二人とも、そろそろ行きましょうっ！」

「そうだね。行こうか」

「あ、シルヴィ」

　お兄様に呼び止められ、振り返るとにっこり微笑（ほほえ）まれた。

「シルヴィ、今日はいつも以上に綺麗だ。お前は私の自慢の妹だよ」

「ありがとうお兄様、また城で会いましょうね」

「ああ、久しぶりに一緒に踊ろう」

　私はリオネル王子の馬車に、お兄様はティクシエ公爵家の馬車に乗り込んで王城へ向かう。

馬車の中では二人きり。

婚約破棄の話をするチャンスだわ……！

「リオネル王子、私たちが婚約してから八年が経ちましたね？」

「そうだね。そろそろ結婚式の準備を始めた方がいいと思っているんだ」

「ち、違います！　そういう意味じゃなくて……」

「まだ、結婚する気になれない？　シルヴィがまだご両親の元にいたいって言うから我慢しているだけで、俺としてはとっくの昔にしたかったんだけどな。また我慢しろなんて言うなら、泣いてしまうかもしれないよ？」

リオネル王子は私の髪を一房すくうと、チュッとキスしてくる。

私だって、結婚したいわよ～！　でも、駄目なの！　結婚したって、ソフィアのことが好きになっちゃうんだから！

「……っ……何度も申し上げますが、私は、リオネル王子の隣に立つに相応しい女性ではありません。ですから、婚約破棄をした方がいいと思っています」

「じゃあ、どうすればキミの隣に立てる？　この国一番の女性であるキミの隣に立つのは、並大抵の努力じゃ済まないとわかっているよ。だからこれまで俺も努力してきたつもりだ。まだ足りないのなら、もっと努力をしよう」

「リオネル王子が私に相応しくないという意味ではありませんっ！　私がリオネル王子に相応しくないんです。あなたはとても素晴らしいお方ですから」

ああ、これからあなたは別の人を好きになるからよ！　と本当のことを言ってしまえたら、どんなに楽なことか！

「シルヴィは謙遜が過ぎるね。キミが俺の隣に立ってくれないのなら、誰が隣に立つと言うんだい？」

ソフィアよ！　あなたのルートなら、ソフィアが隣に立つのよ。あなたのルートじゃなかったとしても、隣に立つのは私じゃないわ。

「もっと素晴らしい方です」

「そんな女性が存在するわけがない」

「しますよ。断言します」

「いない。断言できる」

「もう……っ！」

ああー！　もどかしい！

馬車の中では結局話をつけることができず、この話は持ち越しとなってしまった。

舞踏会ではリオネル王子と踊り、その次はお父様と、そしてお兄様と踊った。

それ以外の人からも誘われたけど、三曲で私の体力は限界！　壁の花となって飲み物や軽食をつまみながら、令嬢たちと会話を楽しむ。

そう！　シルヴィにも友達が何人かいるのだ。

取り巻きではなく、友達よ！　ゲームでは恐怖で支配した取り巻きを連れていたシルヴィに！

「シルヴィ様、リオネル王子とのダンス素敵でしたわ。まるで絵画のようでした」

「ありがとうございます。サーラ様とレオ男爵のダンスも素敵でしたよ。そのネックレスは、レオ男爵からいただいたのですよね？　とてもお似合いですね。サーラ様の瞳の色と同じだわ」

「まあ！　そうでしたの？　サーラ様、レオ男爵とはもうそろそろご結婚……なんて？」

「ええ、実はまだ公表はしていないのですが……」

「きゃあっ！　おめでとうございますっ！　お祝いさせてくださいね」

友達の中には、過去にシルヴィに酷いことをされ、謝罪を受け入れてくれた令嬢もいる。彼女たちと過ごす時間は、私の癒しだった。

立場があるから砕けた話はできないし、もちろん私の事情を話すわけにもいかないけれど、恋バナや他愛のない話をするのは、とても楽しい。

私とリオネル王子が婚約破棄したら、この子たちとの間もギクシャクしてしまうかしら。

……気は遣わせてしまうわよね。できれば、このままの関係を続けられたらいいのだけど、難しいかしら。

「本日も大司祭様のお姿は見られませんのね」

令嬢たちが辺りをキョロキョロ見回す。

「ええ、大司祭様は、こういった華やかな場所は避けられるお方なので……今頃大聖堂で、王妃様への祈りを捧げている頃じゃないでしょうか」

「シルヴィ様は聖女様ですから、大司祭様とよくお話になられるのですよね？」

「そうですね。週に二度お会いします」

「きゃあ！　羨ましいですわ」

大司祭ヴィクトー・オベール、攻略キャラ三人のうちの一人だ。私は聖女になってしまったので頻繁に大聖堂に通っていて、彼とも親交が深い。

信心深くて、物腰が柔らかで、優しくて、もろ聖人！　って感じ。こんな人にもゲームのシルヴィはあからさまに嫌われてたんだから、よほどよね。

でも、性のことになんて、全く興味ありませんって顔をしておいて、ヴィクトー様ルートはかなり濃厚だったし、アダルトグッズまで使ってたから驚き！

彼は生まれた時から聖なる力を持っていて、大司祭になることが約束された人だったから抑圧された生活を送っていたらしい。

抑圧された分、反動がすごいのかしら。

「リオネル王子は、大司祭様とご親交を深めることに、嫉妬なさいませんの？」

そういえば、ソフィアがヴィクトー大司祭と親交を深めてた時は、かなり嫉妬してたっけ。

まあ、私はシルヴィなわけで……どんなことを話しているかとか色々聞かれるけど、それは世間話の一つとしてなのよね。

「ええ、なさいませんよ」

「強い信頼関係をお築きなのですね。素敵ですわ」

「理想のご関係ですわ」

「あ、あはは、ありがとうございます」

もうすぐソフィアが現れて、リオネル王子は彼女に夢中になるんだけどね！

この前までシルヴィと仲睦まじくしてたのに、こんな変わり身が早いなんて⁉　と、皆がガッカリしないことを祈るばかりだ。

シルヴィとリオネル王子は恋仲なんかじゃないって言えたらいいけど、そうもいかないものね。

「あっ！」

私の後ろを見た令嬢たちが頬を赤く染め、口元を押さえる。

ん？　どうしたのかしら。

「皆さん。どうなさいました？」

「シルヴィ」

私の名前を呼ぶ声を聞いて、令嬢たちの反応に納得した。

「リオネル王子、どうなさいました？」

「楽しく話しているところを邪魔してすまないね。シルヴィ、よかったら庭を散歩しないか？　今朝見事な薔薇が咲いたんだ。月明かりの下で見るのも風情があっていいかなと思って」

その場にいた令嬢たちが、「きゃあっ！」「なんて素敵なのかしら……」と小さく呟き、瞳を潤ませる。

わかる。わかるわ。この世の綺麗なものを全て集めてできたような素敵な人に、こんなロマンチックなことを言われたらそうなるわよね。私も自分の末路を考えなければ、純粋にうっとりしているところだわ。

ああ、本当に私、どうしてシルヴィじゃなくてソフィアに生まれなかったのかしら。（もう、数えきれないぐらいこんなことを考えている気がするわ）

「ええ、ぜひご一緒させてください。皆様、申し訳ございません。私はこれで失礼しますね」

「邪魔をして申し訳ない。この埋め合わせはまた今度」

リオネル王子に微笑みかけられ、令嬢たちの顔がますます赤くなる。

「とんでもございません！」

「わたくしたちこそお気遣いをさせてしまい申し訳ございません。シルヴィ様、今度お話を聞かせてくださいね」

「わかりました。皆様、また近々お茶会を開きますので、いらっしゃってくださいね」

令嬢たちと別れ、私はリオネル王子と共に庭へ出た。

月明かりの下で見る薔薇の花はとても幻想的で、ため息がこぼれた。息を吸うたびに薔薇のいい香りが鼻腔(びこう)をくすぐる。

「素敵……」

ゲームではリオネル王子とソフィアが、何度もこの庭で逢瀬(おうせ)を交わしていたっけ。スチルで見るよりもうんと綺麗だわ。

「気に入ってもらえてよかった」

リオネル王子は一際美しく咲いている赤い薔薇を摘むと、棘を丁寧に取り払って私の髪に飾ってくれた。

「あっ」

「シルヴィには、赤い薔薇がよく似合うよ」

同感よ。シルヴィは派手な美人だから、派手なものが似合うのよね。

「ありがとうございます。でも、そのまま薔薇を摘むなんて危ないです。棘は刺さっていませんか?」

「大丈夫だよ。でも、気付いてないだけかもしれないから、見てくれる?」

「もちろんです。手袋を脱いでいただけますか?」

「わかった」

手袋を脱いだリオネル王子は、私に手を差し出す。

彼の手はとても大きくて、ゴツゴツしている。手の平はにはところどころ豆が潰れた痕があって、そこの皮が厚くなっている。

男の人の手をまじまじと見るのって、前世を含めて初めてかもしれないわ。しかも推しの手だし、ドキドキしちゃう。

ふ～……邪な気持ちを持っちゃダメダメ！　真面目に見ないと……。

月明かりを頼りに、棘が刺さっていないか確認した。

「大丈夫そうです」

「うん、知ってる」

「え、じゃあ、どうして見てほしいだなんて、仰ったのですか？」

「それはもちろん、シルヴィに手を握ってもらいたかったからさ」

離そうとしていた手をギュッと握られ、指を絡められた。

月明かりをバックにしたリオネル王子はいつも以上に美しくて、心臓が高鳴ってしまう。

私がソフィアなら、この瞬間は絶対スチルとして使われているわね。

「……っ……また、そんなことを仰って……」

リオネル王子の少年時代は愛らしかったけど、大人になるにつれて色気をまとうようになった。

ドキドキしちゃうのよね～……困ったわ。

「あれ、冗談だと思われてる？　本気だよ。大本気」

「ふふ、手を握ってほしいだなんて、小さな子供のようですよ？　お可愛らしい」

「子供扱いをしないでほしいな。俺は大人の男として、シルヴィの手に触れたいと思っている

んだよ。手だけじゃなく、他のところにもね」

手の甲にチュッとキスを落とされると、あまりの色気に眩暈がしてくる。

この色気、もはや犯罪よ……！

私がいつまでも結婚に乗り気じゃないから、落としにかかってるのかしら。

リオネル王子、早まっては駄目よ。ソフィアが現れたらきっと私が結婚を受け入れなかったことを感謝するに違いないわ。

「ふふ、もう、リオネル王子ったら、からかっては嫌ですよ」

私はさりげなく彼の手から逃れ、庭を歩いた。

「……そうだ。今日、美味しいチョコを貰ったんだ。よかったらこれから俺の部屋でお茶をしない？」

チョコ……！

リオネル王子がおススメしてくれるお菓子は、全部目玉が飛び出るほど美味しいものばかりなのだ。絶対食べたい。

「ええ、ぜひ！　あ、でも、ホールに戻らなくて大丈夫でしょうか。失礼に当たるんじゃないかしら……」

「もうパーティーも終わりがけだったし、問題ないよ。母上だって俺たちが仲良くお茶してる方が嬉しいに決まっているよ」

確かに王妃様は、私たちが仲良くしているのを見るのがお好きな方だ。二人で話していると、いつもにこにこしている。

「じゃあ、お邪魔させてください」

私たちは城の中に入り、リオネル王子の部屋へ向かった。

彼の部屋には何度もお邪魔しているけれど、こんな夜遅くにお邪魔するのは初めてだ。

太陽の光が差し込む中で見るのと、ランプの光で照らされた中で見るのとでは別の部屋に感じるほど印象が違う。

落ち着いた色合いで統一された部屋は、ランプの光が灯されるとやたらとムードがあって、変に意識してしまいそうになる。

侍女が入ってきてくれたことで切り替わって、いつもの気持ちに戻ることができた。淹れてくれたお茶がとてもいい香りで、心がホッとする。

お茶とお菓子の準備を整えた侍女は、「何かあればお呼びください」と頭を下げ、すぐに出て行った。

「お酒の入ったチョコだけど、大丈夫かな？」

「ええ、お酒大好きです！」

「そういえば、初めてお酒を飲む人はたいてい味が苦手っていうことが多いけど、シルヴィは最初から美味しいって言っていたね」

ギクッとした。

そうよ……だって私、前世ではかなりお酒飲んでたし、大好きだったもの。

この世界でようやくお酒が解禁になった時はあまりにも嬉しくて、初めてお酒を飲むリアクションを取るのを忘れていたのよね。リオネル王子も、周りの皆も驚いていたわ。

「そ、そうですね。不思議です。お父様もお好きだし、遺伝かもしれませんね」

チョコを一つ抓み、口に入れる。

「ん〜〜……」

美味しすぎて、声が出てしまう。甘いチョコと中に入っているブランデーのマリアージュが最高だ。

私、前世もお酒の入ったチョコ大好きだったのよね。

バレンタインフェアには必ず参加して、買いあさったものだわ。懐かしい……でも、このチョコが一番美味しい。

「美味しい？」

「ええ、とても」

中に入っているブランデーは、かなり度数が高いみたい。舌が熱くてピリピリする。でも、それがいいのよね。

「よかった。好きなだけ食べて」

「嬉しい！　ありがとうございます」

チョコと濃い目に淹れられた紅茶がまた合うわ。もう、パクパク食べちゃう。

前世だと体重を気にしてたくさんは食べられなかったけど、シルヴィはいくら食べても太らない体質だから我慢しない。

「今日の王妃様、とてもお綺麗でしたね」

「かなり気合いを入れていたからね。でも、シルヴィの方が比べ物にならないくらい美しいけどね」

「そ、それは、ありませんよ」

「あるんだよ」

確かにシルヴィは美しいわよ？　でも、王妃様はサフィニア国の宝石と名高い女性なのよ。四十を超えた今も、二十代にしか見えないほどの美貌で、今日も来賓を魅了していたわ。さすが麗しいリオネル王子のお母様って感じ。でも、血が繋(つな)がっていると、そう思わないのかしらね。

もう一つチョコを口に入れる。ん～！　美味しくて止まらない。

「このチョコ、本当に美味しいですね」

「気に入ってもらえて何よりだよ」

身体が熱くなってきた。度数が高いせいね。なんだかお腹の奥が熱くなってきた……というか、疼いているような……変だわ。なんだか私、エッチな気分になってる？

お酒を飲むとそういう気分になる人がいるとは聞いたことがあるけど、前世もシルヴィも今まで一度もそうなったことなんてないのにどうして？

これ以上食べるのはやめて、水分を取った方がよさそうね。

……でも、あと一つだけ。ああ、あと一つしか食べられないと思ったら、すっごく名残惜しいわ。

最後の一つと決めてチョコを口に入れ、紅茶を飲んだ。お湯を置いていってくれたから、お替りもできそうね。

そうだわ。せっかく二人きりなんだし、婚約破棄の話をしましょう。

話を切り出そうとしたその時、カップを持つ右手をギュッと握られた。

「あ……」

なんだか感覚が敏感になっているみたいで、手袋越しなのに妙にくすぐったく感じる。

「ん？　どうかした？」

「い、いえ、なんでもありません。どうなさいました？」

「可愛い手だから、触りたいなと思っただけ。手袋を外してもいい？」

こういう雰囲気はよくない。私たちはいずれ婚約破棄をするのだから。

今までは変な空気が流れそうになるのを阻止していたのに、どうしてだろう。今日はそうする気になれない。

「え、ええ……」

酔っているから？　ああ、なんだか頭がぼんやりしてきた。

手袋を脱がされ、直接触れられるとゾクゾクする。

「……っ」

「小さくて、可愛い手だね」

リオネル王子は私の手をギュッと握って、指を絡めてくる。

「んっ……そ……れは、リオネル王子の手が大きいから、そうお思いになるだけだと思います……よ」

「そうかな？　ふふ、スベスベしていて、触り心地がいいな。それに爪の形も可愛い。シルヴィは可愛いところだらけだね」

な、なんだか、いかがわしい雰囲気だわ……？

手を引っ込めて、空気を変える努力をしないといけない。

でも、触れられるのが心地よくて、あと少しだけならいいんじゃ？　となかなか引っ込められない。

は、早く……早く、酔いを覚まさなくちゃ。

空いている方の手で小まめに紅茶を飲んでも、身体の熱さと疼きは治まるどころか、ますます強くなっていく。

あのチョコに入ってたお酒、そんなに度数が高かったの？　最後の一個……なんて食べたのは失敗だったかしら。

コルセットできつく締め付けられた胸に触れたい。足の間が疼いて、そこを弄りたい。そんな衝動が襲ってくる。

私の左手を握るリオネル王子の手が、私の身体に触れてくれたら……。

……えっ⁉　な、なんてことを考えているの⁉

相当悪酔いしてるみたい。こんなの初めてだわ。どうかしてる。

どうしても疼きが辛くて膝を擦り合わせると、秘部にヌルリとした感触があることに気付いた。

う、嘘、私、濡れてる……？

「ねえ、シルヴィ」

「えっ！」

気付かれた⁉

「さっきも馬車の中で言ったけど、結婚式の準備がしたいんだ」

違った。そうよね。気付かれるはずがないわよね？

「キミが来年十八歳になる月には一緒になりたい。俺と結婚してほしい」

「……っ……リ、リオネル王子、早まらないでください。あなたには私より相応しい方が必ず現れます。一度結婚したら離婚するのも大変ですし、だから……」

「俺が結婚したいのは、シルヴィだけだよ。どうしてわかってくれないんだ？　それとも本当はわかっているのに、別の想い人がいるから結婚したくないとか？」

握られた手に、ギュッと力を込められた。

「別の想い人……って、誰のですか？」

「キミに決まっているだろう。俺以外に好きな人がいるから、結婚したくないと言っているんじゃないか？」

まさかでしょ⁉　私の推しは、あなたなのよ！　なんて言えるわけもない。

ら？

「そんな人はいませんっ」

あっ！　いるって言った方がよかった？　その方が婚約破棄の方向に、話が進められたかしら？

「よかった。もしいたら、その男を殺してしまうところだったよ」

リオネル王子の顔は笑顔だったけれど、目が笑っていなかった。

言わなくてよかった……！

そうよね。形式上の婚約者が別の男に心を奪われるって、好きじゃなくても、心穏やかでいられないわよね。

「じゃあ、俺のことが嫌いなんだ」

「え？」

「嫌いだから結婚してくれないんだ。そうなんだろう？　俺のどの辺りが嫌なのかな。どんなことでも直すから教えてほしい」

どうしてそうなるの！

「嫌いなところなんてありません」

「本当に？」

「はい、本当です」

むしろ大好きなのよ。ただ私は、悲惨な目に遭うのが嫌なだけ！　本当のことを言えないのがもどかしい。

「嫌いなところはなくても、男としては見られないとか？　まあ、幼い頃から一緒だと、兄妹のように思えてしまうこともあるらしいけど……でも、俺はシルヴィのことは一度も妹なんて思ったことはないよ」

指の間を指先でなぞられると、変な声が出てしまいそうになる。ああ、なんだか呼吸まで乱れてきた。

「ん……っ」

「シルヴィ、どうなんだ？　正直に教えて」

具合が悪いとかではなく、ただただ身体が疼いて、頭がぼんやりして難しいことが考えられない。

「……っ……わ、私……も、リオネル王子を……お兄様と同じように思ったことは……な、ない……です」

声が震えて、息が乱れる。

「そう、それはよかった。でも、ますますわからなくなる。キミが俺を拒絶する理由……嫌いじゃない、誰か他の男を好きなわけじゃない、俺を兄として見ているわけじゃない、じゃあ、どうして婚約破棄しようだなんて言うんだ？　自分は相応しくないだなんて嘘で、もっと別の理由があるんだろう？」

「……っ……違います……ほ、本心……です……リオネル王子には私なんかじゃなく、もっと……素敵な方が絶対に現れます……」

鋭い。でも、今は頭が働かないから、ボロが出てしまいそうだ。この場は退散した方がよさそう。

「も……う、遅いですね。私、そろそろ帰ります。ご馳走様でした」

立ち上がりたいのに、なかなか腰があげられない。するとリオネル王子が立ちあがり、手を差し伸べてくれる。

「ありがとうございます……あっ」

手を取って立ち上がろうとしたら、腰を引かれて横抱きにされた。

「リ、リオネル王子……っ？」

「キミはいつも俺から逃げようとするね」

リオネル王子はそのまま歩き出し、私をベッドに組み敷いた。その振動が疼いた身体に響いて、お腹の奥がキュンと疼く。

「ぁ……っ……ン……リオネル王子……何を……」

「ねえ、シルヴィ、さっきからモジモジしてるね。もしかして、身体が疼くのかな？」

気付かれてた……！

「ち、違います……」

でも、否定しないわけにはいかない。

貴族令嬢がお酒の入ったチョコで酔ってエッチな気分になっただなんて、はしたない！　正直に言えるわけないわ！

大きな手が私の熱くなった頬に触れた。

その感触があまりにも心地よくて、思わず目を瞑ると、柔らかくて温かいものが、私の唇を塞いだ。

「ん……っ」

う、嘘～～……！

目を瞑っていても、経験したことがなくてもわかる。

――これは絶対、唇の感触だ。

私、リオネル王子とキスしてる！

角度を変えながら吸われると、お腹の奥がますます疼いて新たな蜜が溢れた。

「んん……っ！」

思わず口を開くと、待ち構えていたかのように長い舌が侵入してきた。咥内をなぞられるとあまりにも気持ちよくて、自らも舌を動かしたい衝動に駆られる。

だ、駄目……そんなことしたら、積極的だと思われるわ。抵抗しなくちゃ……このまま流されては駄目！

そう思うのにあまりにも気持ちよくて、私に圧し掛かる彼の身体を押し返すこともできなかった。

どれくらいそうしていたのだろう。

リオネル王子が唇を離す頃には、私は感じすぎて身体から力が抜け、秘部はお漏らししちゃったんじゃないかってぐらいグショグショに濡れていた。

「……さっきのチョコ、効果抜群みたいだね」

「え……？　チョ、チョコ……？」

「そう、実は媚薬入りのチョコだったんだ」

「び、媚薬⁉」

「ああ、ごめんね」

そんなものが本当に存在したの⁉

さすがゲームの世界……！　じゃなくて、変だと思った。酔ってこんなエッチな気分になったことなんて、一度もないもの。

「ど、どうして、そんなことを……」

「シルヴィが逃げるからだよ。でも、俺の子ができれば、婚約破棄なんてできないよね？」

リオネル王子は青い瞳を怪しく光らせ、形のいい唇をニヤリと吊り上げた。

ヤンデレ……！　ゲームでは、リオネル王子にそんな要素なんてなかったけど⁉

正直ヤンデレは大好物だし、私に執着してくれるのはすっごく嬉しい。だって、推しだもの！

でも、あなたこれだけ私に執着してるけど、ソフィアが現れたら、私のことを邪魔に思うようになるのよ⁉　子供ができちゃったら、結婚するよりもややこしいことになるわ！

「シルヴィ、キミが俺から逃げたくても、俺はキミを逃がすつもりはないよ」

「リ、リオネル王子、早まらないでください……」

「早まってなどいないよ。だって、八年も待ったのだから」

リオネル王子は私のドレスを脱がし、コルセットの紐に手をかけた。荒々しい手付きで、彼に余裕がないことがわかる。

いつも優雅で余裕たっぷりなのに、私に触りたくて焦っているの？

心をギュゥッと掴まれ、胸が苦しくなる。

私だって触られたい！　推しだもの……っ！　でも、理性をなくしてしまったら、悲惨な未来が待っているのよ。

でも、身体に力が入らなくて、全然抵抗できない。されるがままだ。

そうだ！　聖なる力を使えばいい。

初めて力が発現してからというもの、練習して自分の思うように使うことができるようになった。

えいっ！

えい……っ！

えい………っっっ！

あれ!?　おかしいわ。身体に力が入らないから？　頭が上手く回らないから？　上手く力が使えないわ。

コルセットの紐を緩められ、胸がプルリとこぼれた。胸が揺れただけで感じて、身体が震える。

「あっ！　だ、だめ……リオネル王子、これ以上は……」

普段は揺れるだけじゃ、なんとも感じないのに……！　媚薬の効果、恐るべしだわ。

露わになった素肌に、リオネル王子の熱い視線を感じてゾクゾクする。

シルヴィはスタイルがよくて、出るところは出て、引っ込んでいるところは引っ込んでいるので、自分の身体だけどよく鏡の前で見惚れていた。

こんなに綺麗でスタイルがいいから、誰かとする機会があるのなら自信を持って見せるわ。

まあ、そんな機会はないでしょうけどね。なんて思っていたのに、まさかこんな日がくるなんて思わなかった。

「想像していた以上に綺麗な胸だ」

「そ、想像って……ぁんっ」

大きな手に胸を包み込まれ、変な声が出てしまう。

「そう、いつもシルヴィの裸を想像して興奮していたんだよ。驚いた?」

長い指が食い込むたびに、そこから身体中に甘い快感が広がっていく。

「ぁ……っ……んんっ……」

「裸を想像しているだけじゃない。こうして触れることも想像したよ。ずっとキミを抱きたくて仕方がなかった」

尖(とが)った先端を指先で弄られると、さらなる甘い快感が襲ってきた。足元から何かがゾクゾクせり上がってくるのを感じる。

あ……な、何?

「可愛い乳首だね。シルヴィ、キミは本当に可愛いところだらけだ」

形のいい唇が、私の胸の先端に触れる。

「ぁんっ」

「感じている声も可愛いよ。シルヴィ、愛してる……できれば、キミにも同じ気持ちになってもらいたい」

尖った先端を熱い舌に転がされ、さっき以上の快感がやってきた。恥ずかしいのに、いやらしい声が止まらない。

「や……んんっ……ぁっ……や……舐めちゃ……ぁんっ……んっ……は……ぁ……んっ」

「ああ……可愛い……なんて可愛いんだ。シルヴィ」

熱い息がかかるだけで、それは大きな快感となって私に襲い掛かってきた。右胸を唇と舌で、左胸を指で刺激され、次から次へと快感がやってくる。

「だめ……リオネル、王子……ぁんんっ！　も、もう、これ以上は……ぁ……っ……あぁぁぁ……っ！」

チュッと吸われた瞬間——足元を彷徨っていた何かがものすごい勢いで上ってきて、私の中を突き抜けていった。

その何かが通り抜けていくのと同時に、私の中に大きな快感がものすごい勢いで広がっていく。

初めての感覚だけど、数々の十八禁乙女ゲームをプレイしてきたからわかる。

私、イッちゃったんだ……。

「シルヴィ、もしかして達ってくれたのかな？」

「……っ」

感じすぎて声が出ない。

「胸を愛撫（あいぶ）しただけで達ってくれるなんて……あの媚薬、相当な効き目なんだね。それともシルヴィが元々感じやすいのかな」

何も言っていないけれど、私の表情や身体の反応で一目瞭然だったようだ。

身体がジンと痺（しび）れて、気持ちよくて仕方がない。さっき以上に身体に力が入らなくて、瞼（まぶた）をかろうじて開いているだけで精いっぱいだった。

何？　この気持ちよさは……癖になっちゃいそう。

「次にする時にわかるね。楽しみだ」

次に……!?　だめだめ！　一回目もあっちゃいけないのよ！

「ぁ……あ……だ、だめ……も……だめです。リオネル王子……」

ようやく声を出せたと思ったら、リオネル王子が自身の服を脱ぎ始める。無駄な贅肉（ぜいにく）が少しもない筋肉質な身体に見惚れてしまう。

立ち絵とスチルでも美しかったけど、実物はもっとすごかった。

芸術だわ！　素敵！

早くこの状況をなんとかしないといけないのに、起き上がれない私は、欲望のままにリオネル王子の裸体を堪能した。

そしてリオネル王子の手はボトムスにかかり……下にずらすと硬くなった大きなアレが飛び出した。
●△☆□×〜〜〜〜〜……！
声にならない声が出た。いや、頭の中だけど。

スチルではモザイクでなんとなくしかわからなかったアレが、モザイクなしで！　高画質で見えてる！

私の視線に気付いたリオネル王子が、ニヤリと笑った。

「シルヴィ、俺の身体に興味があるの？　嬉しいな」

「そ……っ……そんなことは……」

ある。すっごく興味ある。でも、令嬢として、本当のことは言えないのよ。

「ちなみに俺は、媚薬を飲んでいないよ。でも、シルヴィに興奮して、もうこんなに硬くなってる」

リオネル王子は私の手を掴むと、大きくなったアレを掴ませた。

「あっ」

こ、これがアレの感触……！

淫らな感触が伝わってきて、顔が熱くなる。しかも見た目以上に大きくて太く感じる。親指と他の指がくっ付かない。

「ほら、こんなに」

手を操られて上下に動かされ、リオネル王子のアレを扱く形となった。先端から何かが溢れてきて、それが潤滑油となって滑りがよくなる。

あっ！　あっ！　あ〜〜！　わ、私、リオネル王子のアレを……っ！

興奮して、ますます身体が疼いてくる。

「シルヴィの手、スベスベで気持ちいいよ」

「……っ……リ、リオネル王子……っ」

「嫌だよね。ごめん。でも、その表情すら愛おしいよ。俺のことで感情を乱してくれることが嬉しいんだ」

嫌じゃないけど、本当のことは言えない。

戸惑っているうちにリオネル王子は私の手を離すと、今度は私のドロワーズの紐を解いた。

あああああっ！　マズいわ……！

「あ……リオネル王子、もうこれ以上は……」

「気持ちよくしてくれたお礼に、俺も気持ちよくしてあげる」

「や……っ……だ、だめ……っ……これ以上は……本当に……っ」

「駄目だよ。やめてあげない」

ドロワーズをずり下ろされ、とうとう私は何も身に着けていない無防備な姿となった。

「あ……ま、待って……っ……きゃっ」

力の入らない足は少しの力で左右に開かれ、恥ずかしい場所が彼の綺麗な青い瞳の前に晒された。

こ、こんなところをリオネル王子に見せるなんて……！

あまりにも濡れすぎていて、開いただけなのにグチュッとエッチな音が聞こえて、ますます羞恥心を煽られる。

「ああ……なんて綺麗なんだろう。キミは性器も美しいんだね。シルヴィ……」

いくらシルヴィでも、こんなところが綺麗なはずないわ！　いや、自分でも見たことないけど、でも、ありえないわ！

リオネル王子はまるで名匠が描いた絵画を目の前にしたみたいに、夢中になって私の恥ずかしい場所を眺めていた。

「や……見ないでくださ……ぁっ」

割れ目の間を指で広げられ、さらにじっくり見つめられる。

「まるで朝露に濡れた薔薇の花びらのようだね」

割れ目の間を指でなぞられると、胸に触れられる以上の刺激がやってきた。

「ぁ……んんっ……」

やだ、気持ちいい……。

敏感な粒に指が触れると、ひときわ強い快感が襲ってきて、頭が真っ白になる。

「あぁ……っ！」

あまりの気持ちよさに、大きな声が出てしまった。

「ここ、好きなんだね。ふふ、花の蕾（つぼみ）みたいで可愛いな」

リオネル王子は獲物を見つけた肉食獣のようにペロリと舌なめずりし、私の敏感な粒を舐め始めた。

「ひぁっ！　……ぁ……っ……そんな……あぁ……っ……や……んんっ……あっ……あっ……だめ……や……んんっ……！」

舌が動くたびに、部屋の中に淫らな音が響く。

「ん……ぁ……っ……だめ……や……んんっ……ぁんっ……！」

感じるたびに頭を振ってしまい、さっき髪に飾ってもらった薔薇が崩れ、花びらが枕元に散っていた。

「シルヴィ、気持ちいい？　ああ……可憐なキミの乱れる姿を見られるなんて、夢のようだよ……」

そこを舐められるのが、こんなに気持ちいいだなんて知らなかった。

駄目と言いながらも、やめてほしくないと思うのは、媚薬のせい？　それとも、効いていなくてもこうなっていた？

「ん……ぁ……っ……リオネル、王子……だめ……です……っ……ぁぁ……っ！」

ああ、わからない。わかるのは、気持ちよすぎるということだけ。

そのうち中に指を入れられ、内側からも快感を与えられた。

「あ……ここを押すと締まるね。この辺りがシルヴィのいいところなのかな？」

指をくの字に曲げられてお腹側をグッと押されると、身体がビクッと跳ね上がり、甘い快感がそこから広がっていく。

「ひぁ⁉」

「やっぱりそうだ」

リオネル王子は嬉しそうに笑うと、また私の敏感な場所を舐め始める。何も言わなくても、反応でわかってしまうらしい。

「や……イッちゃ……あっ……あっ……あぁぁ……っ！」

どれくらいの時間、こうしているのだろう。

リオネル王子は私の秘部を可愛がり続け、私は何度も達していた。

頭がぼんやりしていて、三回目までは数えられたけど、それ以降は夢うつつになっちゃってカウントできていない。

こんなに達しているのに、お腹の奥が疼いて堪らなかった。そんな経験ないのに中に入れてほしくて……一番奥を突いてほしくておかしくなりそう。

絶頂の余韻と身体の疼きに痺れていると、リオネル王子が身体を起こし、枕の下から小瓶を取り出した。

何……？

私の視線に気が付いたリオネル王子が、ニコッと微笑んだ。

「痛み止めだよ。初めては痛むだろうから」

どうしよう。このままだと本当に後戻りできないことになる。

でも、ここまでされたんだから、後戻りも何もないんじゃない？

…………って、いやいやいや！　何を考えているの⁉　絶対媚薬のせいで、頭がおかしくなっているわ。

すでに後戻りできないところまで来てる気がするけど、最後までするのとしないんじゃかなり違うのよ。

「ま、待って……思い出してください……」

「ん？　何を？」

リオネル王子は答えながらも小瓶の蓋を開き、薬を指に取っていた。

「幼い頃……えっと、頭を打つ前、私はリオネル王子に……んっ……ひ、酷いことをしました。覚えて……いますよね？　私はあなたに好いてもらえるような……人間じゃありません」

息切れしながらなんとか伝えるけど、リオネル王子の表情は変わらない。

え、少しも響いてない⁉

「ああ、そうだったね。でも、キミは謝ってくれた。過去のシルヴィは正直苦手だったけれど、それは過去の話だ。自分の過ちを認め、改めて生きていく強いシルヴィが好きなんだ」

心臓がドキッと跳ね上がる。

すごい口説き文句……だって、過去のシルヴィは私だけど私じゃなくて、頭を打った後のシルヴィは双葉朱里の記憶を取り戻した本当の私――リオネル王子は本当の私を好きになってくれたってことだ。

ああ、何もかもどうでもよくなる。死んでもいいから、このまま愛し合いたくなる。

――ううん、駄目だ。

このままじたら、リオネル王子がソフィアに心奪われるところを見た時、ものすごい苦しみを受けることになるに違いないわ。

なんとかしないと、早く、なんとか……。

薬を膣口に塗り込まれると、淫らな手付きじゃないのに身体が反応してしまう。

「んん……っ……でも、また頭を打ったら……前の私に戻るかも……しれません……そうなったら、絶対後悔……します……っ……」

「大丈夫、また今のキミに戻ってくれるまで待つから」

リオネル王子はテーブルに薬を置くと、私の膣口に大きくなったアレを宛がった。お腹の奥が激しく疼いて、早く入れてほしいと叫んでいるみたいだ。

理性と薬で剥き出しになった本能がせめぎ合い、私は本能を誤魔化すように首を左右に振った。

「あ……っ……や……待って……っ」

「もう、待てない」

大きなアレが膣口を広げ、ゆっくりと私の中に入って来た。

「あぁ……っ！　嫌……リオネル王子……だめ……っ……」

初めてはかなり痛いと聞いていたけれど、直前に塗られた薬がしっかり効いているみたいで、少しも痛くないどころか、すごく気持ちいい。

「ん……ぁっ……ン……ぁんっ」

「よかった。痛くなさそうだ。麻酔成分の他に媚薬も入っているから、感度は下がらないとは聞いたけど……本当みたいだね」

とうとう奥まで入れられ、当たった場所がジンと痺れる。

「や……中……広がっ……て……んぅ……っ」

中がありえないぐらい広げられていて、お腹の中が苦しい。でも、苦しさよりも快感が勝っていた。

「ああ……すごい締め付けだね……それに温かくて、ヌルヌルしていて……ずっと入れていたくなるぐらい気持ちいい……こうして留まっているだけでも気持ちいいよ……」

「や……だめ……ぬ、抜いて……くださ……っ……」

「いくらシルヴィの願いでも、それは聞いてあげられないな。もう、俺に純潔を奪われてしま

ったんだ。覚悟を決めて、俺のものになってくれ」

痛みがないとわかっているからか、リオネル王子が激しく突き上げてくる。

「ぁ……っ……あぁっ！　んっ……ぁんっ！　だめ……んっ……やめ……っ……あっ……あぁんっ！　やぁ……っ」

突き上げられるたびにグチュグチュと淫らな音が響き、甘い快感が次々と襲い掛かってきた。繋ぎ目からは蜜が掻き出され、お尻の下のシーツがぐっしょり濡れていく。

「ああ……シルヴィ……すごい音だよ……こんなに溢れてくれて嬉しい……」

頭がおかしくなりそう。エッチがこんなに気持ちいいだなんて思わなかった。

「や……っ……イッちゃ……あっ……あぁぁぁっ！」

もう何度目になるかわからない絶頂に達し、リオネル王子のアレの形が分かるぐらいにギュウギュウに締め付ける。

「……っ……シルヴィ、また達ってくれたんだね。ああ……キミの達した時の顔は、なんて可愛いんだろう」

リオネル王子は突き上げながら、私の唇を深く奪う。

「ん……んんっ……ふ……ぅ……んん……」

息が苦しい。でも、気持ちよくて堪らない。

「ねえ……俺を受け入れてくれなかったのは、前の自分に戻ってしまうかもしれないからだった？」

「ぁ……んっ……ち、違……っ……ん……ぁんっ……あぁっ……」

「じゃあ、どうして？」

「……っ……あ……あなたには……ぁ……っ……んんっ……私じゃなくて……っ……他に相応しい……人が……ぁんっ！」

「まだ、そんなことを言うんだ？」

リオネル王子が寂しそうな顔をする。悪いことをしてしまった気がして、胸がチクリと痛んだ。

だって、そうだもの。

ソフィアが来たら、私のことなんて邪魔になるのよ。もう少ししたら、私の言っていることがきっとわかるわ。

「俺は気が長い方じゃないけど、キミが俺を好きになってくれるように頑張るよ。他に相応しい女性が……なんて言わず、他の女性なんて見ずに自分を見ろって怒ってくれるぐらいに……まあ、俺がキミ以外の女性を見るなんて、天地がひっくり返る以上にありえないけどね」

本当にそうだったらいいのに……。

「あ……っ……あぁ……っ……や……激し……っ……んんっ……」

リオネル王子の動きがさらに激しくなり、私は今達したばかりなのに、また足元から絶頂がせり上がってくるのを感じていた。

「ああ……俺も達きそうだ……ねえ、キミの子供なら、きっと天使のように可愛い子が生まれるよ……楽しみだな」

絶頂の余韻とさらなる絶頂が近付いて頭がぼんやりしていたけど、その言葉にハッと我に返る。

妊娠したら、大変なことになる……！

「や……っ……中は……だめ……っ……んっ……外に……外に出してください……っ」

「嫌だ」

「リオネル王子……っ！」

抗議するように名前を呼んでも、リオネル王子は意地悪な笑みを崩さない。

ど、どうしたらいいの⁉　どうしたら、どうしたら……！

「……っ……な、中で出したら、嫌いになります！　一生好きになんて……っ……なりません！」

苦し紛れの言葉を吐き出すと、リオネル王子がギクッと身体を引き攣らせた。

「………ああ……もう、キミにはいつも敵わないな……」

「え……？　あ……っ……あぁ……っ！」

私が再び絶頂に達するのと同時に、リオネル王子は自身のアレを引き抜き、私のお腹の上に熱い情熱を放った。

引き抜かれた後も、まだリオネル王子のが中に入ってるみたいに感じて、ジンジン痺れている。

中で出されることは、避けられた……けど、一線は越えてしまったわ……。

推しとエッチできたのは最高の経験だわ。でも、悲惨な結末が近付いてきたと思うと、ちっとも喜べなかった。

第三章　ヒロインの登場

リオネル王子と一線を超えてから、一週間が経った。

「ありがたいけど、すごい数ね……」

部屋の中には、リオネル王子からの贈り物が山のように置いてある。ドレス、宝石、花、お菓子……毎日愛を囁く手紙と一緒に送られてくるのだ。

とんでもないことになっちゃったわ。ソフィアが現れた後、どうなってしまうのかしら……。

気が重いけど、食欲は落ちていない。

花を見ながら貰ったお菓子を食べていると、扉をノックされた。返事をすると、お兄様が深刻そうな表情で入って来た。

でも、驚かない。この一週間、毎日だからだ。

「シルヴィ……」

「お兄様、どうしたの？」

「シルヴィ、何度も聞くが、王妃様の誕生祭の日……リオネル王子とは、本当に何もなかったんだな？」

「え、ええ、リオネル王子は、私をお部屋に呼んでお茶を振舞ってくださったのだけど、疲れていたのね。休ませてもらっているうちに眠ってしまったの。彼は起こすのが可哀相だからって寝かせておいてくれたのよ」

あの日、エッチが終わった後、私はこともあろうことにそのまま眠ってしまったのだ。

リオネル王子が家に知らせを出してくれたおかげで騒ぎにはならなかったけれど（もちろんエッチをしていたとは言わず、今私が言ったように誤魔化してくれたわ）鋭いお兄様はあれから何度も聞いてくる。

「……そうか。婚約しているとはいえ、まだお前は未婚の身なんだ。今後は夜遅くに男の部屋に行くのはやめなさい。いいな？」

「ええ、そうね。気を付けるわ。心配をかけてごめんなさい」

「わかってくれたならいい」

お兄様は満足そうに微笑むと、私の頭を子供の時のように撫(な)でて部屋を出て行った。

嘘を吐いてごめんなさい。でも、本当のことなんて言えないわ。

あの日、私とリオネル王子は一回だけじゃ終わらず、三回……いや、四回？　はっきりしないけど、朝までエッチした。

なぜなら媚薬が効きすぎて、私の疼きが治まらなかったからだ。

「～～……っ」

一週間経った今も、身体にはリオネル王子の感触が残っているし、あの日のことを夢に見てしまうこともある。

ああ、本当になんてことをしてしまったのかしら……！　次にどんな顔をして会えばいいの！

幸い（？）なことに、ここ一週間リオネル王子は政務で多忙なため、顔を合わせずに済んでいる。

というか私、平穏な生活を手に入れることができるの⁉　アンハッピーエンドは、絶対に嫌よ……！

このまま部屋に引きこもっていたいけど、そういうわけにもいかない。

「お嬢様、失礼致します。そろそろご準備をなさらないと」

「……行きたくないわ」

「駄目ですよ。王家主催の夜会なのですから。さあ、入浴の用意が整っておりますので、バスルームに行きましょう」

「うう……」

王妃様の誕生祭があった後、またすぐに夜会だなんて……貴族ってのは、本当に社交が大好きねっ！

王家主催の夜会は、招待状を貰った以上、感染の心配がある病気や親族の不幸以外は参加必須なのが暗黙のルールだ。

酷い風邪を引けないかと薄着で寝たりもしたけど、シルヴィの身体って丈夫なのね……風邪どころか、すこぶる体調がいいわ。

時間をかけて着飾って王城へ向かうと、リオネル王子が出迎えてくれた。

「シルヴィ、迎えに行けなくてごめん。政務が立て込んでいて、少し前に終わったところなんだ」

「リ、リオネル王子、わざわざ外まで出てきてくださらなくてもよかったのに」

「一秒でも早く会いたいからね。二週間長かったよ。シルヴィ、会いたかった。今日もとても綺麗だよ」

リオネル王子は私の家族がいる前で、ギュッと強く抱きしめてきた。今までにはなかったことだ。

「あ……っ……リオネル王子……っ!?」

彼の温もりや香りを近くに感じると、この前の夜を思い出してしまい、顔が熱くなって変な汗が出てくる。

慌てる私とは相反して、リオネル王子は全く気にしていない様子だ。

そして私の両親も微笑ましいと言った様子だし、あ、でも、お兄様は眉間にものすごい皺を寄せて、リオネル王子を睨んでいるわ。

「リオネル王子、婚約しているとはいえ妹はまだ未婚の身です。そういった行為は体裁が悪いので、慎んでいただければと」

お兄様がものすっごく低い声で指摘してきた。これはかなり怒っているわね！

「ああ、そうだね。人前ではしないように気を付けよう。ね、シルヴィ」

リオネル王子は私の手を取ると、チュッと口付けを落とす。

「あっ！」

いつもしている挨拶だけど、今日は意味深に感じてしまう。お兄様も普段とは違う雰囲気を感じ取ったようで、眉間に深い皺を作っていた。

「今日は楽しもう」

「え、ええ……」

「リオネル王子、娘を頼みます」

「はい、もちろんです。お任せください」

いつものようにリオネル王子の腕を取り、エスコートしてもらう。両親とお兄様から離れたところで、彼をジトリと睨んだ。

「ん？　可愛い顔してどうしたの？」

「可愛い顔じゃないですっ！　睨んでるんです」

「そうなんだ。キスしてほしいのかなって思った。してもいい？」

「ひ、人前ですよ！」

「人前でなければいいんだ？」

耳元で囁かれ、顔が熱くなる。

「いけません！　……というか、もう、この前みたいなのは駄目です」

「この前みたいのって？」

リオネル王子はニヤリと意地悪な笑みを浮かべ、顔を寄せてくる。

わかってるくせに……！

「もう、知りません」

顔を背けると、クスクス笑われた。

こんなに私を好きだってアピールしてくれているけれど、ソフィアが現れたら私を邪魔に思うのよね。

私がソフィアなら、リオネル王子の好意を喜んで受け入れることができるのに。どうして私はシルヴィなんだろう。

……こんな風に考えるの、もう何十回目だろう。

どう頑張ったって私はソフィアにはなれないのだから、考えるのはやめようと思っているのに、やりきれなくてつい考えてしまう。

「はあ……」

気持ちが後ろ向きになっているせいか、夜会で誰かと話す気にも、お酒や食事を楽しむ気にもなれず、化粧室に行くふりをして外に出てきた。

庭を歩く気にもなれず、辿(たど)り着(つ)いたのは城の敷地内にある大聖堂だ。

私は聖女の仕事で、月に一、二度はここを訪れている。

なんだかここに来ると落ち着くのよね。そういえば前世でも、何かあれば神社に行ってたっけ。

我が国が信仰しているアニエス神の像の前に座り、祈りを捧げる。

アニエス神様、どうか私を守ってください！　悲惨なバッドエンドじゃありませんように！
贅沢をしたいなんて言いません。ソフィアが現れた後も、どうか平穏な生活が送れますように……！

リオネル王子と関わらず、一人で生きていくのを想像したら、胸が苦しくなる。

リオネル王子は残酷だわ。

あのままプラトニックな間柄でいられたら、こんな風に辛くなることもなかったはずなのに、酷いわ……。

「随分と熱心に祈られていらっしゃいますね」

「……っ⁉」

驚いて振り向くと、そこには大司祭ヴィクトー・オベール様が立っていた。

祈りに夢中で、全然気が付かなかったわ。

「ヴィクトー様、ごきげんよう」

腰まである長い銀色の髪、不思議な金色の目、透き通るような白い肌、ヴィクトー様はまるで妖精のようだ。

「ごきげんよう。夜会を抜けてお祈りとは、さすが我が国の聖女様です」

「いえ、そんな……」

自分のために祈っていた……なんて言えないわね。

「ヴィクトー様も夜会にご招待されていたのですよね？　出席なさらないのですか？」

「ええ、私には華やかな場は向きませんので」

華やかな見た目をしているのに、勿体（もったい）ないわ。そういえばゲーム内でも、パーティーに参加したことは一度もなかったわね。

「そんなことを仰らずに、たまにはいらっしゃってください。令嬢たちもヴィクトー様にお会いできるのを心待ちにしていますよ」

「……シルヴィ様は、心待ちにしてくださっていないのですか？」

「え？」

「あ……っ……いえ、なんでもございません。忘れてください」

ヴィクトー様の頬が、ほんのり赤くなる。色が白いから、わかりやすいわ。

ふふ、照れているのね。

「もちろん、私も心待ちにしていますよ。ヴィクトー様はお美しいですから、着飾られたら、さらにその美貌が輝くでしょうね。ぜひ拝見したいです」

ゲームでも司祭服と寝間着しか見たことないから、ぜひ見てみたいわ。

まあ、ソフィアに誘われても行かなかったぐらいだから、私が誘っても行くわけがないわよね………。

「いいえ、そんなことは……でも、シルヴィ様がそう仰ってくださるのでしたら、次回は参加してみようと思います」

嘘！　参加してくれるの!?　びっくり！

「えっ!?」

「あ……し、社交辞令……でしたでしょうか」

「いいえ！　良いお返事を頂けると思っていなかったものですから驚いて……とても嬉しいです。ぜひご参加ください」

「よかった……あの、何を着ていいかわからないので、もしよければ助言を貰えましたら助かります。後日お付き合いいただくことはできますか？」

「ええ、もちろん、私でよければ……」

「私も協力いたしますよ。ヴィクトー様」

私の言葉を途中で遮ったのは、リオネル王子だった。ヴィクトー様はリオネル王子の姿を見るなり、目に見えるように慌てた。

え、どうしたのかしら。

リオネル王子はツカツカと足を進め、私の腰を抱き寄せてくる。

「あ……っ……リオネル王子、どうしてここに？」

「キミの姿が見えないから、探しに来たんだよ。こんな時にまで聖女の務めを果たそうとするなんて、キミは仕事熱心だね？」

あ、あら？

褒められているし、にっこり笑っているけど、目が笑っていないような気が……むしろ怒っているように見えるのは、気のせい？

「今度の夜会はヴィクトー様もご参加されるのですか？　いつもご欠席で寂しく思っていたので嬉しいですよ。衣装に迷われているのでしたら、私とシルヴィが協力しますよ。ね、シルヴィ」

「ええ、もちろんです。ぜひ協力させてください」

リオネル王子が現れてからというもの、ヴィクトー様の表情は引き攣ったままだった。

この二人、ソフィアが現れてからは彼女を争って対立していたけど、その前までは特に仲が悪かったわけじゃなかったはずよね？　どうしたのかしら。

「あ……いえ、お二人の貴重なお時間を頂くわけにはいきませんから」

「気になさらないでください。ね、シルヴィ」

顔を近付けられ、耳に息がかかる。

「え、ええ」

な、なんだか、距離が近すぎるような……。

「い、いえ、あの、本当に大丈夫ですので、お気持ちだけいただきます。お二人とも、ありがとうございます」

「そうですか？　では、気が変わったら、いつでも仰ってください。シルヴィではなく、私に」

まあ、私は月に一、二度しかここに来ないから、リオネル王子に言う方が早いわよね。でも、なんだか妙に引っかかる言い方だわ。

「わかりました……お気遣い頂き、ありがとうございます」

なんだかヴィクトー様の元気がなくなってしまったような気がする。

「それから、シルヴィと二人きりで話したいことがあるので、こちらをお借りしてもよろしいですか？」

「あ……はい、わかりました。では、私は下がらせて頂きます」

ヴィクトー様は頭を下げると、足早に去って行った。

ここはヴィクトー様の職場みたいなものだし、彼に席を外してもらうんじゃなくて、私たちが出て行くのがよかったんじゃ？

「リオネル王子、話って何……んっ」

いきなり唇を奪われた。

「……っ……ン……ぅ……んんっ……な……何をするんですか……！」

慌てて顔を逸らし、リオネル王子から距離を取る。彼は不機嫌そうに私を見ていた。

「何って、キスだけど」

「それはわかっていますよ。どうしてそんなことをするのかって聞いてるんです」

「もちろん、シルヴィのことが好きだからだ。それに俺も聞きたいことがある」

じりじりと距離を詰めてくるから、私も後ろに下がる。

「な、何ですか？」

「この前、他に好きな男はいないって言ってたけれど、本当はヴィクトーのことが好きなの？」

「は？」

予想もしていなかった質問に、間抜けな声が出た。

「だって、そうじゃないか。夜会をこっそり抜け出して会うなんて……しかも、聖女としての務めの時以外にも会う約束をしていた」

「勘違いしないでください。ヴィクトー様に会いに来たわけじゃありません。疲れたから一人になれる場所を……と思って、ここを選んだだけです」

でも、よく考えてみれば、ここにはしょっちゅうヴィクトー様がいるし、一人になれる場所としては不適格だったわね。

「ふぅん」

表情と声で、納得が言っていないということはわかった。でも、真実なのだからどうしようもない。

「変な想像しないでください。私は好きな人なんていません」

好きな人はあなたよ、あなた！　好きな人に迫られても、拒絶しないといけない私の身にもなってほしいわ。

この間にもリオネル王子が距離を詰めてくるから、私は後ろへ下がり続ける。

「あっ！」

何かがお尻にぶつかった。振り向くと祭壇だった。これ以上後ろには下がれない。

どうしよう……。

慌てているとリオネル王子が私を抱き上げ、祭壇に押し倒した。

「きゃっ!?　リ、リオネル王子、退けてください……」

「シルヴィがヴィクトーのことを好きじゃなくても、ヴィクトーは、キミのことが好きだよね」

「何を言っているんですか！　そんなわけないでしょう」

ヴィクトー様は神に一生を捧げると決めていて、ソフィアが現れるまで誰も愛したことがない設定なのよ。私を好きなわけがないじゃない。

「ここでヴィクトーにこうやって迫られたら、どうするつもりだったの？」

ドレスの中に手を入れられ、太腿(ふともも)に触れられた。

「ぁ……っ……ヴィクトー様が、こんなことするわけ……ないじゃないですか……っ」

「随分と信頼しているんだね。妬(や)けるな」

ドロワーズの上から割れ目をなぞられ、身体がビクッと跳ね上がる。

「あんっ！」

静かな大聖堂内に、私のいやらしい声が響いた。ハッと口元を押さえると、リオネル王子がニヤリと唇を吊り上げる。

「人払いをしてきたから、いくら声を出しても大丈夫だよ。ヴィクトーも盗み聞きをするタイプではないしね。それでも気になるならキスで唇を塞いであげようか？」

「け、結構です……！　こんなところで、淫らなことをするなんて、罰当たりですよっ！」

「アニエス神は寛大なお方だと言い伝えられているし、きっと許してくださるよ。この国の王子と聖女のすることだしね」

「そんなわけ……ひゃ……っ……あ……んんっ……」

割れ目の間にある敏感な粒を指で撫でられ、甘い刺激が襲ってくる。

誰にも言えないけど、実はこの二週間、彼の感触を何度も思い出してしまい、身体が熱くなることが何度もあった。

待ち望んでいた刺激に、身体が大げさなぐらい反応してしまう。

「ここじゃなくて、俺の部屋に行ってする？」

「……っ……し、しませ……ぁんっ」

「ふふ、ここがいいんだ？　意外とアブノーマルな趣味があるんだね。まあ、俺も人のことは言えないけどね」

また身体を重ねるなんて駄目！　アンハッピーエンドが近付いてきちゃうわ！

抵抗してリオネル王子の身体を押し返そうとする。でも、快感を与えられると、力が抜けてただ添えているだけになってしまう。

負けちゃダメ、私……！　抗って！　抵抗するのよ！

指を動かされるうちに、聖なる大聖堂には相応しくない淫らな音が、そこから聞こえ始める。

「もう、濡れてきた。この前は媚薬のせいで感じやすいのかと思ってたけれど、元々すごく感じやすいみたいだね」

耳元で囁かれると、肌がゾクゾク粟立つ。

「ン……っ……や……リオネル王子、いけません……ぁっ」

リオネル王子は私の秘部を可愛がりながら、片手でドレスの胸元を乱してくる。コルセットを緩められ、少しずらされると胸がぷるりとこぼれた。

「神聖な場所でいやらしいシルヴィを見られるなんて、背徳感でゾクゾクするよ」

胸にキスを落とされると、先端があっという間に尖った。まるで触れてほしいとおねだりしているみたいに感じて恥ずかしい。

「ぁ……っ……い、いくらアニエス神が寛大だとはいえ、本当に罰がくだりますよ……っ」

「キミに触れられるなら、どんな罰でも喜んで受けるよ」

リオネル王子の熱い舌が、私の胸の先端をヌルヌル転がす。

「はぅ……っ……んんっ」

気持ちいい……。

この前は媚薬が効いているせいかと思ったけど、今もすごく気持ちいい。舌も指も別の生き物みたいに動いて、頭がぼんやりしていく。

私が感じやすいんじゃなくて、リオネル王子が上手いだけなんじゃ……⁉

前世も合わせて、リオネル王子としか経験はないけれどわかる。絶対にテクニシャンってやつだ！

長い指がドロワーズの中に入り込んできて、直接割れ目の間をなぞってくる。

「ひぁ……っ……んっ……ぁ……っ……」

親指で敏感な粒を転がされ、濡れた膣口に指を入れられた。

「こんなに濡らしてくれて嬉しいよ。ほら、聞こえる？」

指を動かされるたびに、甘い快感がそこから身体全体に広がり、耳を塞ぎたくなるような淫らな水音が聞こえてくる。

「や……んんっ……お、音……立てないでくださ……っ……ぁっ」

「わざと立てているわけじゃないんだよ。すごく濡れているから、少し動かしただけでも大きな音が出るんだ。ほら」

リオネル王子がわずかに指を動かすと、グチュッと淫らな音が響く。

「ぁ……っ」

「ほら、ね？」

クスッと笑われ、恥ずかしさのあまり顔が燃え上がりそうなぐらい熱くなる。

私の身体、推しに触られてるからって反応しすぎ……！　というか、リオネル王子が上手すぎるからよ。これは抗えないわ！

胸の先端も同時に可愛がられると、足元からゾクゾクと絶頂がせり上がってきて、あっという間に達してしまう。

「や……んんっ……あっ……イッちゃ……あっ……あぁぁぁぁっ！」

声を出さないようにしていたのに、我慢できなくて自分でも驚くほど大きな声が出てしまった。

「達ったんだね。俺の指、ギュウギュウに締め付けてるよ」

は、恥ずかしい……っ！

羞恥心に耐え切れなくなって両手で顔を押さえていると、ドロワーズをずり下ろされた。

「あ……っ」

ドレスをパニエごとめくられ、足を左右に大きく広げられた。

大きくなったアレを膣口に宛がわれると、理性では焦り、本能はこれから与えられる刺激を期待して、お腹の奥が激しく疼いている。

「……っ……リオネル王子……いけませ……っ……んんっ」

唇にキスされ、言葉を封じられた。

「安心して。嫌われたくないから、中では出さないよ」

「そ、そういう問題ではなく……っ……入れては駄目で……あっ……あぁっ！」

話している最中に奥までズプリと埋められ、甘い刺激が襲ってきた。

言葉は喘ぎ声に変わり、膣道は歓喜に震えた。

「ああ……すごい締め付けだ……入れただけでおかしくなりそうだよ。今日は薬を塗っていないけど、痛くない……？」

「い、痛く……はないですけど……でも、だ、だめ……です……っ……抜いてくださ……っ」

嫌……抜いてほしくない。このまま動いてほしい。

でも、これから起きる悲惨な結末を想像したら、欲望のままに受け入れることなんてできない。

「痛くないのならよかった……じゃあ、動くよ」

「えっ！　い、いけません……リオネル王子……っ……あぁ……っ！」

私の意見なんて聞いてくれない。リオネル王子はゆっくりと腰を動かし始めた。

「や……んんっ……ぁっ……んっ……は……ぅっ……ぁんっ……あぁっ……」

中でアレが擦れるたびに、甘い刺激が次から次へと押し寄せてくる。

ああ、頭がおかしくなりそう。

リオネル王子の動きが激しくなっていく。

あまりの激しい動きに両足の靴が脱げて、床に転がった。涼しい空気が、汗をかいた足先を撫でる。

肌と肌が合わさる音と、淫らな水音が響く。

本当に罰当たりだわ。私がアニエス神なら、絶対に罰を当てるわよ！

「……っ……シルヴィ……気持ちいいよ。シルヴィも気持ちよくなってくれているみたいだね……俺のをすごく締め付けてくれてる……」

素直に頷いた。だって、否定しても、すぐに嘘だとわかるはずだから。

「気持ち……ぃ……です……けど……だめ……です……こんなのは……ぁっ……あぁ……っ！　んんっ……抜いて……っ……抜いてくださ……っ」

「本当に抜いていいの？」

するとリオネル王子は、抜けそうなギリギリのところまで腰を引いた。

「あ……っ」

私、いいって言いなさい。いいって……。

「ん……ぅ……っ」

中が喪失感でいっぱいになり、自分の意思とは関係なくそこが動いて、わずかに入っている彼のアレをギュウギュウに締め付ける。

抜いてって言うの……！　これ以上はもう、絶対に駄目よ！

「いいの？」

耳朶(じだ)を甘噛みされると、お腹の奥がブルッと震えた。

こんなの、ズルい……っ！

「や……っ」

無残にも欲求に負けた私は、首を左右に振った。

ああ、私はなんて愚かなの……！

「ふふ、可愛い……そっか、本当は抜いてほしくないんだ。シルヴィは嘘吐(うそつ)きないけない子だね」

グッと一気に奥まで入れられた瞬間、待ち望んでいた快感が押し寄せてきて、私は絶頂に達した。

「ひぁんっ！　あっ……あぁぁあぁっ！」

壊れてしまったんじゃないかってぐらいガクガク震え、リオネル王子のアレを激しく締め付ける。

「……ああ……また、達ってくれたんだね……嬉しいよ。シルヴィ……俺の可愛いシルヴィ……絶対に離さない……」

リオネル王子は激しく腰を動かしながら、私の唇にキスを落とす。

イッたばかりなのに、こんな激しくされたらおかしくなりそう。でも、すごく気持ちいい。

ずっとこうしていてほしい。

「実は……不安だったんだ」

「んっ……ぁ……っ……ふ、ふあ……ん？　な、何が……ですか……？」

「この前は媚薬で気持ちよくできたけど、媚薬がない時に気持ちよくできるかって……知識はあっても、経験はないからね……でも、こんなにも感じてくれて……嬉しいよ」

経験がない⁉　嘘！

「え……っ……ほ、本当に……んっ……ご、ご経験……がなかったんですか？」

「ああ、本当だよ。キミという婚約者がいながら、誰と経験するというの？」

「や……だ、だって……」

そういえばゲーム上では、経験の有無については書かれていなかった。

でも、王族は子孫を残すのが大切だから、実践込みの授業を受けていて童貞は卒業してるんじゃないかなー？　って想像してたけど、違ったってこと⁉

経験がなくて知識だけでこんなに気持ちよくできるって、天性の才能じゃない！　ってことは、この前がお互い初めてだったってことなのね。

「……まあ、実は一応性教育の授業はあって、そこでは実践も行われることになっているんだけど、俺はいくら授業であっても、他の女性を抱くなんて嫌だ。気持ち悪い。俺はシルヴィじゃないと駄目なんだ」

「…………っ」

胸がキュンとして、それと同時に中も締まった。リオネル王子がビクッと身体を揺らし、切なげな息を吐く。

な、なんで、そこが連動しちゃうの⁉

「今、中が締まったね？　どうしたのかな？　気持ちいい所に当たった？」

「……っ……わ、わかりま……せ……」

知らないふりをしてやり過ごす。

うう、これ以上キュンキュンさせないで～……！

「ねえ、シルヴィ、俺……シルヴィに会えない間は……この間の乱れるシルヴィを思い出して……一人でしていたんだよ……」

この前の私を思い出して⁉

乱れた自分の痴態を思い出し、恥ずかしさのあまりもがきたくなってしまう。でも、ちょっと嬉しく思ってしまう自分もいる。

「シルヴィは俺を想像して、一人でしてくれた？」

「し、しません……っ……そんな……はしたない……こと……んっ……ぁ……っ」

思い出してムラムラすることはあったけど、誓って自分ではしていない。というか、一度もしたことはない。ちょっと興味はあるけど。

「へえ、そうなんだ？ 女性は男性と違って溜まるものがないから、しなくても平気……なのかな……？」

「……っ……知りません……」

「ふふ、恥ずかしがらずに教えてほしいな。そうだ。シルヴィのしているところが、見てみたいな……ねえ、今度見せ合いをしない？ きっと楽しいと思うんだ」

「み……っ⁉」

衝撃のあまり、蝉の断末魔のような声が出てしまった。

リオネル王子って、ゲームでそんなアブノーマルだった⁉

……うん！ あますことなくエピソード回収したけど、全部ノーマルだったわよ⁉

「そ……っ……そんなこと、しません……っ」

「ええ、残念だなぁ……でも、まあ、追々……ね」

追々⁉ 嫌よ！ そんな恥ずかしいことしたくないわ！ 恥ずかしくて死んじゃうわよ！

激しく突き上げられているうちに、また絶頂が近付いてきているのを感じる。

「あ……んんっ……あ……また……イッちゃ……っ」

「俺もだよ……一緒に達けるかな……」

リオネル王子が、さらに激しく突き上げてくる。

ゾクゾクと快感がせり上がって来て私が達するのと同時に彼はアレを引き抜き、私の割れ目の間に欲望をかけた。

「ああ……ごめん、シルヴィ……ハンカチに出すつもりが、間に合わなかったよ……今、拭くから許して」

「えっ⁉ い、いえ、私、自分で……あっ」

絶頂の余韻で痺れている場所をハンカチで拭われると、恥ずかしいぐらいに反応してしまう。

「あぁんっ……や……っ……だめぇ……っ……ぁんっ！」

ただ拭いているだけなのに、淫らな声を上げる私をリオネル王子が熱い瞳で見つめてくる。

「……そんな可愛い反応をされると、もう一度したくなっちゃうんだけど」

「だ、駄目です……」

「そんなことを言わないで？」

「……っ……で、でも……さすがにもう戻らないと、お兄様に怪しまれます……」

「それでも構わないと言ったら？」

「……っ……リオネル王子……っ！」

抗議するように名前を呼ぶと、悲しそうに微笑まれた。

「そっか。残念だ」

私たちは髪や服装を正して再びホールに戻った。

でも、身体の中にはリオネル王子の余韻がたっぷり残っていて、油断するとその場に座り込んでしまいそうだった。

リオネル王子と一線を越えてから、一か月が経とうとしていた。
もう、絶対に触れられないようにする！　と決めていたのに、結局は何度も身体を重ねていた。
ち、違うのよ！　決して自分から抱いてほしいと頼んだわけじゃないわ。
婚約者という間柄なので、二人きりになる機会が多いのが原因だ。密室で二人きりになるとリオネル王子が迫ってきて、避けることができずに……という流れ。

しかし、突如私のターンがやってきた。

「リオネル王子は、私が好きなんじゃなくて、私の身体が好きなのでは？」

それは聖女の仕事を終えて屋敷に帰ろうとしていたら、リオネル王子の部屋に連れ込まれた時のこと……。

毎度のようにベッドへ押し倒された私は、前日、どうすれば抱かれずに済むかと考え、思いついたこの言葉を口にしてみたのだ。

「俺はシルヴィの全てが好きだよ」

「そうじゃなく、情事が好きなんじゃ？　ということです。最近は会話もそこそこに触れてきますし、本当は私のことなんて好きじゃないって思います」

実はそこそこじゃない。いつも通り会話があって、その後に……と言う流れだけど、言いがかりをつけているのだ。

不機嫌そうに顔を背けると、リオネル王子が焦り出すのがわかる。

「まさか！　誤解しないで？　俺はシルヴィが好きだ。愛している。だからこそ触れたいと思うんだよ」

「へえ、そうですか。ふぅん」

顔を背けたまま、低い声で答えた。機嫌が悪く見えるように、自分の髪の毛もくるくるして見せる。

「シ、シルヴィ……」

ふふ、焦っているわ。

推しが自分のことで焦ってくれるって、ものすごく嬉しい。

「どうしたら俺の気持ちを信じてくれる？」

「さあ、ご自分でお考えになってください。とにかく今は気分じゃないということは、わかってくださいますよね？」

「あ、ああ……」

リオネル王子がムクリと起き上がったのを見て、心の中でガッツポーズをする。

リオネル王子、ごめんなさい！　本当は私だってしたいわ……！

でも、一時の快楽に負けると、残りの私の人生が悲惨になるの。それにあなただって私と経験を重ねたら、ソフィアが現れた時にきっと後悔するはずよ。

私も身体を起こそうとしたら、リオネル王子が支え起こしてくれる。

「ありがとうございます」

「どういたしまして。……わかったよ。シルヴィが俺の気持ちを信じられるようになるまで、こういうことはしないことにする」

よかった……！

心はよかったと思いながらも、身体はがっかりしているのが情けない。

「でも、キスはいいだろう？」

まるで捨てられた子犬のような目で見るものだから、まあキスぐらいなら……と頷いてしまう。

「え、ええ……」

リオネル王子は私の唇にチュッとキスした後、顔を離して熱っぽい瞳で見つめてくる。

「舌は入れてもいいのかな？」

「そ、それは駄目です……っ！」

リオネル王子があまりにもがっかりしているので、思わず笑ってしまいそうになるのをなんとか堪えた。

椅子に座ってさっきまで飲んでいたぬるい紅茶を口にする。

「シルヴィ、淹れ直してもらうよ」

「いいえ、これでいいです」

身体が熱いから、これくらいの温度がちょうどいいわ。

火照った身体を冷ましていると、部屋の扉を叩く音が聞こえた。

誰か来た。途中でやめて本当によかったわ。

「入っていいよ」

入ってきたのは、リオネル王子の側近のアシャール公爵家の嫡男、ルネ様だった。

「失礼します。リオネル王子……ああ、シルヴィ嬢もいらっしゃっていたのですね」

「ごきげんよう、ルネ様」

さっきまでエッチなことをしていたの、バレてないわよね？　髪とか乱れてないかしら。ちゃんとチェックすればよかったわ。

「お二人の時間にお邪魔をしてしまいまして申し訳ございません。例の物が届きましたので、お届けにあがりました」

ルネ様は細長い箱をリオネル王子に差し出した。濃紺のベルベッドが貼られていて、高級感がある。

「予定より早かったな。ありがとう。下がっていいよ」

「はい、それでは失礼致します」

ルネ様が退室すると同時に、リオネル王子が私に箱を差し出した。

「え？」

「はい、シルヴィにプレゼントだよ。開けてみて」

「私にですか？」

箱を開くと、ネックレスが入っていた。ペンダントトップには見たことのない宝石が付いている。

見る角度によって色が変わるわ。不思議な石……。

「綺麗……これは、なんていう宝石なんですか？」

「名前はないんだ。王家に代々伝わる石で、持ち主を災いから守ってくれると言い伝えられているものだよ。さすがにデザインが古いから、シルヴィに似合うように作り直させたんだ」

「えっ！　王家に代々⁉　そんな大切なお品、いただけないです！　私にはそんな資格はございません！」

婚約破棄するんだから、そんなものは貰えないわ！

「シルヴィは俺の妻になって次期王妃になるんだから、資格は十分だよ。聖女だから災いは自分で払い除けられるだろうけど、それでも持っていてほしい。キミは俺の大切な人だから」

だから、私はあなたの妻にはどう頑張ってもなれない。あなたがこれを渡したい人は、これから現れるソフィアなのよ。

「でも……」

「貸して」

リオネル王子は箱を受け取ると、立ち上がって私の後ろに回り、ネックレスを付けてくれた。

ネックレスを付けられた瞬間から、清らかな水の中にいるような……心が澄んでいく気がした。

何かしら……。

プラシーボ効果ってやつ？　それとも本当に不思議な力があるのかしら。

「このネックレスを俺だと思って、ずっと身に着けていて」

後ろからギュッと抱きしめられ、心臓が大きく跳ね上がる。

「わ、わかりました……」

ソフィアが現れた時にすぐ返せるように、いつも身に着けておきましょう。

返してほしいと言われた時のことを想像したら、胸が痛くなる。

「ちなみにもう一つあるんだ」

リオネル王子が胸元からネックレスを取り出し、私に見せてくれる。

「今までは興味がなかったんだけど、シルヴィとお揃いにできるならと思って俺も付けることにしたんだ」

また、可愛いことを言うんだから……。

ときめいて、胸がキュンとする。

「ふふ、そうだったんですね。……それにしても、見れば見るほど不思議な色ですね。本当に何の石なのかしら」

「あ、なんだか赤くなってない？」

「え、そうですか？」

「シルヴィに見つめられて照れてるんじゃないかな？」

「もう、またそんなこと言って」

でも、全ルート回収したけど、このネックレスは見たことがないわね。ゲーム上ではあまり重要なアイテムじゃないのかしら。

それからというもの、会うたびに触れてきていたリオネル王子は、約束通り私にキス以上のことを求めるのはやめて、それ以外のことで私への気持ちを表してくれるようになった。

私の望んだ通りになったのだけど、一度好きな人に抱かれる快楽を覚えた私の身体は欲求不満状態になり、彼に会った日の夜はいやらしい夢を見るようになってしまった。

それから数週間後――とんでもないことが起きた。

「聖女様、先週から大聖堂に仕えてくれることになった方を紹介します」

ヴィクトー様の後ろから出てきた女性を見た私は、驚きすぎて腰を抜かすかと思った。

「初めまして、先週から大聖堂に仕えることになりました、ソフィア・ギルメットと申します。聖女様にお会いできるなんて光栄です。シルヴィ様、よろしくお願い致します」

私と同じ金色の髪に、エメラルド色の瞳をした美少女——その女性は、ソフィアだった。

ソフィアが大聖堂に現れるのは、冬のはずよ!? まだ時間はあるはずなのに、どうして？ゲームの設定と違うわ。

「……っ」

ソフィアが現れるのはまだもう少し先だと思っていたから、心の準備ができていなかった私はショックで声を出すことができなかった。

ああ、こんなに早くリオネル王子との別れが来るなんて……。

ソフィアが来る前に婚約破棄しようとしていたくせに、今さら別れが怖いと思ってしまう。

「聖女様、どうなさいました？」

ヴィクトー様が不思議そうに首を傾げ、様子のおかしい私を心配そうに見ている。

「……私がギルメット子爵家の私生児だから、汚らわしいとお思いでしょうか」

ソフィアが悲しそうに、エメラルド色の瞳を揺らす。

いけない。ソフィアと友好的な関係を築いておかないと、周りから悪女認定をされてしまうわ。

しっかりして、シルヴィ！　あなたの一挙一動に将来がかかっているのよ！　ハッピーエンドを迎えたいでしょう⁉

「まさか、聖女様は、そんなことをお考えになる方ではございませんよ」

焦る私より先に、ヴィクトー様が否定してくれた。

ヴィクトー様〜〜……！

って、感動している場合じゃないわ。ちゃんと否定して、ソフィアと友好的になるのよ！

「ええ、そんなわけございません。あまりに美しいから驚いて声が出なくて！　大聖堂には同じ年頃の女性がいなかったので嬉しいです。ソフィア様、仲良くしてくださいね」

私はとびきりの笑顔を作って、ソフィアの手を握った。

「ごめんなさい。私ったら、卑屈になってしまって……でも、お美しいのは、シルヴィ様の方です。こちらこそよろしくお願い致します」

にっこりと微笑むソフィアは、天使のように美しくて可愛い。

ああ……っ！　ヒロインオーラが眩しいわ！

でも、卑屈になっても仕方がないわ。ソフィアは私生児ということで、異母姉に酷い苛めを受けていたのだものね。

そして本来のゲームだと、シルヴィにも酷く虐められるのよね……でも、中身は私だもの。絶対に仲良くなってみせるわ！

ソフィアと会話をしながら聖女の務めを果たしていると――。

「シルヴィ、来ていたんだね」

「リオネル王子！」

いつものように私が来ていることを知ったリオネル王子が、大聖堂にやってきた。

普段は嬉しく思うけれど、今日はズシリと気持ちが重くなって、胸の中に黒い霧がかかったみたいになる。

ああ、とうとうリオネル王子とソフィアが顔を合わせるのね……。

ゲームでは初対面でソフィアが転び、彼女を抱き起こしたリオネル王子が、美しい彼女に心を奪われるのよね。ちなみに共通ルートだから、絶対起きるイベントよ。

「あ……っ」

掃除をしていたソフィアが椅子に足を引っかけ、転んでしまう。

来たわ……！　うう、わかっていたことだとはいえ、推しが他の女性に心を奪われるところを目撃するのは辛いわ。

「キミ、大丈夫？」

ソフィアに声をかけながら、リオネル王子は私の腰に手を回す。

え、ちょっと?

「はい、大丈夫です。失礼致しました」

「ソフィア様、お怪我はございませんか?」

よろよろと自分で立ちあがろうとしていたソフィアに、リオネル王子……じゃなくてヴィクトー様が手を貸した。

え⁉ ゲームの流れと違うわ⁉

「はい、大丈夫です。大司祭様、ありがとうございます」

「いいえ、お怪我がなくてよかったです」

「シルヴィ、聖女の務めが終わったら、一緒にお茶をしない? 美味しい茶葉が手に入ったんだ」

「え、ええ……」

リオネル王子はソフィアに目もくれず、私の腰を抱いたまま話しかけてくる。

ゲームの話が、変わっちゃったわ。一体、どうなっているの?

帰りの馬車の中、私は大聖堂に忘れ物をしたことを思い出して戻っていた。忘れたのは王立図書館で借りた冒険物の小説だ。

この世界ではゲームがないので、今世での私の趣味は読書！　今日の夜に絶対読みたかったのに、大聖堂に置き忘れてしまった。

取りに戻るのは面倒だけど、先が気になって次に教会へ来る時までとても我慢できそうにない。

大聖堂の前に差し掛かったその時――。

「ひぃ！」

男性の悲鳴が聞こえてきた。

え、何？　何事？

恐る恐る大聖堂の扉を少しだけ開くと、そこにはソフィアと、男性の神官ジャンがいた。ジャンは床にへたり込み、震えながらソフィアを怯えた表情で見ていた。

ソフィアと……ジャン？

ジャンは地方の教会で育った孤児で、十五歳で聖なる力があるとわかって大聖堂に来た。信心深くて、熱心に働いている真面目な人だ。

何？　一体、どういう状態？

「ふふ、ジャンさん」

「く、来るな……っ！」

「酷いわ。どうしてそんなことを言うの？　さっきは可愛いって言って、抱きしめてくれたじゃない」

えっ！　ソフィアとジャンが⁉　ソフィアは純粋で奥手だから、男性に抱きしめられるなんて攻略キャラ以外とはなかったはずよ⁉

「あんなことされたんだ！　当たり前だろ！」

あんなことって、どんなこと⁉

ソフィアの数多くの十八禁スチルが、頭の中をブワッとよぎる。

いやいやいやいや！　どのルートでもソフィアは処女だったわ！　モブキャラとはそんなことしない！

「そんなつれないことを言わないで。さあ、観念して……」

「やめろ……来るな！」

何？　二人は何をしているの？

ソフィアがジャンの肩に触れると彼の身体が光って、その光はソフィアの中に吸い込まれていった。

「うわあぁぁぁ……っ！」

何…………⁉

ソフィアのエメラルド色だった瞳は色が変わり、血のように真っ赤に染まっていた。ジャンは全ての光を吸われた後、気を失ってその場に倒れてしまう。

えええええっ⁉　どうしたの⁉　ジャン、何が起こってるの⁉

思わず飛び出してしまいそうになると、ネックレスが熱くなって足が動かなくなった。おまけに声まで出ない。

「……っ……っ…………⁉」

え⁉　あれ⁉　動けない！　声が出ない！　どうして⁉

私が戸惑っているうちに、ソフィアの瞳の色が、赤から元のエメラルド色に戻った。

「ふふ、抵抗するから苦しむのよ。でも、大丈夫……目が覚めた後には、今のことは全て忘れているようにするから」

ソフィアはジャンに手をかざす。すると手から光が生まれて風が起き、彼の髪をふわりと揺らした。

「ああ……下級神官程度の力じゃこの程度なのね。やっぱり、もっと力が強い人間から力を吸わないと、聖女にはなれないわ」

力を……吸う?

今のはジャンの力を吸い取ったってこと?

「はあ……でも、ないよりはマシよね。まあ、返すやり方なんて知らないんだけど」

ソフィアは小さくため息を吐くと、ジャンを揺り起こした。

「……………ジャンさん!　ジャンさん、どうなさったんですか?　しっかりなさって!」

「ん……あれ?　俺、どうしてこんなところで寝て……」

「わかりません。私が入って来た時には、ジャンさんがここで倒れていて……どこか具合が悪いんですか?　大丈夫ですか?」

ソフィアが泣きそうな顔をしてジャンの手を握ると、彼が頬を染める。

「い、いえ、具合が悪いわけじゃないです……変ですね。こんなところで眠ってしまうなんて……でも、心配してくださって嬉しいです。ありがとうございます」

「よかった」

さっきまでの態度とはまるで違う。

目が覚めた後にはさっきまでのことは忘れると言っていたけど、本当だったのね。

するとネックレスの熱が引いて、私は自由に身体を動かせるようになった。もちろん本を取

りに中に入る勇気なんてなくて、すぐに引き返して屋敷に戻った。

とんでもないものを見てしまったわ……。


翌日、ヴィクトー様から手紙が送られてきた。内容は、ジャンが聖なる力を失い、故郷に戻ったとの知らせだった。

あまりに信じがたい光景に、昨日のことは夢だったんじゃ……と自分の記憶を疑った。でも、やっぱり現実だったのね。

それから数日の間で、聖なる力を急に失う者が続出し、騒ぎになっていたのだけど……どう考えても、ソフィアが犯人よね？

自室で一人、この前、大聖堂で目撃したことを思い出す。

力を吸うって言っていた。あれは、ジャンの聖なる力を吸ったのよね？

もっと力が強い人間から力を吸わないと、聖女にはなれないって言っていたわ。ソフィアには、人の力を吸い取る能力があった……ってことよね。

ゲームだとソフィアは、大聖堂で働くようになってしばらくしてから聖女としての力に目覚めていた。

そしてシルヴィは聖女だと名乗っていたけれど、実際にはその力はなかった。

でも、私には聖女としての力がある。これがゲームの設定を変えたんじゃなくて、設定通りだとしたら?

シルヴィはソフィアに力を吸われて聖女の力を失い、ソフィアが聖女としての力に目覚めたのだとしたら?

誰かから吸いとった力で周りの人間の記憶を操り、シルヴィに聖なる力なんて最初からなかったことにしたとしたら?

「……っ」

ゾクッと鳥肌が立って、思わず両腕を擦った。

このゲームの企画とシナリオを担当したライターは、ドロドロした後味の悪い作品を書くことで有名な小説家だったもの。ゲーム上ではそういう描写がなくても、裏設定があっても全然おかしくないわ。

リオネル王子から貰ったネックレスを外して、手の平にそっと乗せる。あれから数日、あの時以来変化はない。

災いから身を守る力があるネックレス……守ってくれたのね。あの時出て行ったら、私も力を吸われかねなかったわ。

「ありがとうございます。助かりました……！」

ネックレスに深々と頭を下げ、また首に飾る。

ということは……私はソフィアと二人きりにならなければ、破滅の道を歩まないいんじゃないかしら？

この力を失わなければ、ソフィアが聖女にならなければ、シルヴィは幸せになれるんじゃないかしら⁉

ゲームで心奪われるシーンでも、リオネル王子はソフィアに惹かれる様子はなかったし、それどころか私の方を向いていた。

もしかしたら上手くいけば、私は不幸にならない。それどころかリオネル王子と結婚して、幸せになる可能性もあるんじゃ⁉

「えっ！　えええ〜〜……っ」

眩い希望を見つけてしまい、居ても経ってもいられなくなった私はベッドに寝そべり、足をバタバタと動かした。

ソフィアには近づかない！　絶対に二人きりにならない！　私、絶対に幸せになってみせるわ……！

第四章　ソフィア・ギルメットの独白

「ああ、気分が悪い。その目で私を見ないで！　母親と同じ目、あの人をたぶらかした忌々しい女と同じ目！」

義母から顔に扇子を投げつけられた。

避けようと思えば避けられたけど、ギュッと目を瞑って受け入れる。だって、避けると余計に怒って痛い思いをさせられるんだもの。

私の名前はソフィア、ギルメット子爵家の私生児だ。

父親のギルメット子爵と使用人の間にできた子、母親は私を捨てて屋敷を逃げ出したから、今はどうしているかわからない。

『使用人が勝手に自分の子だと言い張っているだけだ。私は知らない！』

ギルメット子爵はそう言い逃れをしようとしたけど、言い逃れはできなかった。なぜなら残念なことに私の顔立ちは、彼と瓜二つ。似ていないのは目の色だけ。

正妻との間に生まれた娘よりも似ているのだから、皮肉なものよね。だからこそ私は、ギルメット子爵夫人とその娘に虐げられることになった。

食事を満足に与えてもらえず、入浴は外にある冷たい井戸の水で、毎日暴力や暴言を浴びせられる。父親は当然助けてくれない。

「ソフィア、今日の買い物はお前も一緒に来てもいいわ。光栄に思いなさい」

たまに義母と義妹から街へ出かける時に誘われる。でもそれはもちろん、私と出かけたいからじゃない。

「まあ、なんて美しいのかしら。あなたはソフィアと違って美しいから、何を着てもよく似合うわ」

「お母様、ありがとう。本当に素敵なドレスだわ。ほら、ソフィア、見てごらんなさい。あんたには一生着ることなんてできないドレスよ」

私に贅沢をしている姿を見せつけたくて誘うのだ。

買ったものを屋敷に届けるという店員の申し出を断り、全ての荷物を私に持たせるのがお決まり。

そして私を残して二人は馬車で帰って行くから、私は歩いて屋敷まで戻る。

ろくに食事を貰っていない私は、歩くだけでも精一杯だ。それなのに荷物を持って歩くなんてできるはずないじゃない。

何度も休憩を取りながら歩き、夜遅くにようやく屋敷に着いて、遅かったことを怒られて折檻(せっかん)される。

街に誘われるということは、私にとって死刑宣告をされているようなものだった。

でも、その日は今までと違った。

いつものように大量の荷物を地面に置き、しゃがみ込んで休憩をしていた時のこと――。

「あなた、大丈夫？　具合が悪いの？」

顔を上げると、そこには私と同じく金色の髪にエメラルド色の瞳の美しい少女がいた。

綺麗なドレスに身を包み、私を支えようとしたその小さな手は、私と違って傷一つなく滑らかで、貴族なのだということがすぐにわかった。

「あ……い、いえ……」

「本当に？　でも、顔色がよくないわ。近くに家の馬車を停(と)めてあるの。よかったら休んでいって」

少女が指をさした先には、家門入りの立派な馬車が見える。

やっぱり、貴族だわ。

「まあ、ティクシエ公爵家のシルヴィ様だわ」

「聖女様はやっぱりお優しい」

聖女？　この子が？

「こんなにたくさんの荷物を一人で運んでいるの？　大変ね。お家はどこ？　もしよかったら送って行くわ」

「……っ……い、いいです……！」

急に惨めな気持ちになって、私は荷物を持ってその場から走って逃げた。

涙が出てきて、前が見えなくなる。

どうして、私だけこんな思いをしないといけないの⁉

同じ家に生まれたのに私生児というだけで、どうしてこんな扱いをされないといけないの⁉

あの子と同じ髪と瞳の色なのに、どうして私だけがこんな悲しくて汚くて辛い生活をしなくちゃいけないの⁉　私だって貴族令嬢なのに！

闇雲に走っていたら、いつの間にか墓地にいた。夕焼けの色が血みたいに見えてゾッとする。

「気持ち悪い……」

こんな所早く立ち去りたいのに、疲れて動けない。

私は膝から崩れ落ち、その場に仰向けになって倒れた。

ここは怖い……でも、帰りたくない。あの家には帰りたくない。でも、どこにも行くところなんてない。

「あの子になりたい……何の不自由もしないで……当たり前の顔をして……自分が恵まれているなんて思わないんだわ。なんて嫌な子なの。私のことを見て、さぞかしみすぼらしいと思ったことでしょうね……憎い……どうして？　どうして私は、あの子じゃないの？　どうして私ばかりがこんな目に遭わないといけないの！」

恨み言を口にしたその時、私の周りを暗黒が包んだ。

「え……っ⁉」

急に真っ暗になったことに驚いて飛び上がろうとしたけれど、身体が動かない。

「……っ……な、なんで……っ」

〈ああ、なんて卑しくて、悲しくて、哀れな魂だろう〉

「だ、誰……？」

遠くから、いえ、近くから？　どこからかわからないけれど、地を這うような恐ろしく低い声が聞こえた。

〈あの子になりたいのなら、盗ってしまえばいい〉

「誰なの⁉」

〈さあ、誰だろうな。でも、そんなことを知る必要はあるか？　それよりも、いい話がある。お前に素晴らしい力を与えてやろうか？〉

「素晴らしい力……？」

〈ああ、お前が望むものを手に入れることのできる力だ。欲しくはないか？〉

望むものを手に入れられる力――そんなの欲しいに決まっている。

そんな力があれば、家で惨めな思いをしないで済む。さっきのあの子の力を吸い取って、聖女としてみんなから崇められたりするのもいいわね。

「欲しい……欲しいわ」

〈じゃあ、あげよう〉

「本当？」

〈ああ、ただし、私も欲しいものがある。交換といこうじゃないか〉

「欲しいもの？　何？　私は見ての通り、何も持っていないわ。私が欲しいぐらい」

〈いいや、お前は素晴らしいものを持っているじゃないか〉

「何？　ああ、言っておくけどこの荷物は、私のじゃなくて義理の姉のものよ。あげられないわ。そんなことをしたら酷い目にあわされるもの」

〈私はそんなものに興味はない。私が欲しいのは、お前の穢れた魂だ〉

「魂⁉　嫌よ。死んじゃうじゃない」

〈すぐに欲しいとは言っていない。お前が寿命で死んでからの話だ。死んだ後、お前の魂を私にくれるのなら、力を授けてやろう〉

死んだ後？　それならいいかもしれない。

私は今のこの状況がどうにかできればそれでいいんだもの。死んだ後のことなんて興味がないわ。

「いいわ。死んだ後の魂ならあげる。だから私に力をちょうだい。今すぐに！」

〈契約成立だな。穢れた魂を持つお前に、闇の力を授けよう〉

次の瞬間、暗闇の天井に穴が開き、血のような夕焼けが見えた。空から赤い雫が二粒落ちてきて、両目に入った。

「……っ⁉　ぎ、ぎゃあああっ！　熱……っ……痛い……っ……痛いぃ……っ！」

それが目に入ると激痛が走り、私は目を押さえてのたうち回った。

目を開けられるようになった時には暗闇はなくなっていて、景色はさっきの墓地になっていた。

夢を見たの……？

けれどそれが夢じゃないことは、すぐにわかった。なぜなら帰った私を折檻しようと胸倉を掴んだ義母が、気を失って倒れたからだ。

お前のせいでお母様が倒れたと掴みかかってきた義姉も気を失い、二人はそれからというもの病気がちになった。

色々試した結果わかったことは、どうやら私は人の力を吸うことができるらしい。生命力、体力、それから不思議な力——。

私があまりに恨んでいたからか、義母と義姉は目を覚ました後も、完全には回復することができなかった。

少し起きては床につく。それの繰り返し。

義姉は病気にかかって子供を宿すことも難しくなり、嫁ぐことは絶望的となった。義母と義姉は私のせいだと訴えたけれど、そんな話、誰が信じると思う?

皆、私を哀れんだわ。この二人から虐待されていたのを知っていたものね。

悲しそうに涙を浮かべたら、励ましてくれるから心の中で笑っちゃう。本当は私のせいなんだけどね。

それに二人の一番の味方であった父も、あっさりと二人を捨てた。

お父様も歳で、妾(めかけ)を迎えても新しい子供を作れる状態じゃなかったから、ギルメット子爵家を存続させるには、血を引いている私の協力が必須……。

父は義母と義姉を虐げ、私を優遇するようになった。美味しい食事に温かいお湯での入浴、流行りのドレスや宝石に囲まれた。

私が着飾る姿を見て嫉妬の目線を向ける二人を見ていると、カラカラだった心の中が潤っていくのを感じる。

「ソフィア、お前は私の自慢の娘だ」

今さら何？　でも、最大限に利用させてもらうわ。

「お父様、嬉しい。私、お父様の期待にお応えできるように頑張りますね」

作った笑顔を見せると、父は安心したように笑う。

何、笑ってるの？　あんたが今まで私にしてきたこと、忘れてなんていないんだからね。絶対に不幸のどん底に落としてやる。

でも、まだその時じゃない。我慢するのよ。ソフィア――。

満たされたと思ってもすぐにカラカラになり、私の心は常に枯渇していて、苦しくて仕方がなかった。

社交界に出ると、さらにその気持ちは強くなった。

子爵家の財産なんてたかが知れている。

周りにいる我が家以上の爵位を持つ家の令嬢たちは、私なんて比にならないぐらい豪華なドレスや宝石で着飾っていた。

もっと、もっとこの力で上に行きたい。誰もが羨む女になるのよ。

数多くの人間と出会って行くうちに、人々を魅了する力を持つ者、そして記憶を操作する者にも出会うことができ、私はもちろんその力を吸った。

その力のおかげで私は初対面の人間からも好かれ、たくさんの男から言い寄られるようになった。

「ああ……ソフィア、キミはなんて魅力的なんだ」

「ふふ、ねえ、そこ……もっと舐めて……私、もっと気持ちよくなりたいの……」

男をとっかえひっかえして一夜だけの遊びを楽しみ、男の記憶を消す。

そうすれば私は、色んな男との快楽を楽しみながらも、世間からは清らかな乙女のままとして見られる。

ああ、何て楽しいのかしら。

でも、楽しいのは、一時だけ……次の瞬間には大きな渇きがやってきて、決して満足できない。

どうすれば、この渇いた心を満足させることができるの？

そんな時、遠目にも一際輝いている女性を見つけた。そう、あの女……シルヴィ・ティクシエだ。

私が魅了の力を使っても、シルヴィを見つけた人々は、私じゃなくあの女に夢中になった。

「見て、シルヴィ様よ。美しいわ。まるで女神のようだわ」

「美しいだけじゃなく、リオネル王子のご婚約者で、ティクシエ公爵家のご令嬢で、国を守る聖女様……素晴らしいご地位にある国一番の女性だものね。でもそれをちっとも鼻にかけることなくお優しくて……ああ、憧れてしまうわ」

——どうして……？

どうしてあの女は、最初からあんなに恵まれているの？

闇が私の心を包み込む。

みすぼらしい私に声をかけた時、さぞかしいい気分だったでしょう？

ああ、私はこんなみすぼらしくなくてよかったと思ったでしょう？

周りに優しいと言われて、さぞかし気持ちよかったでしょう？

私の存在を利用して気持ちよくなるなんて、許せない……！

私はこのままじゃ嫌だ。私はあの女に……シルヴィになりたい。そうだ。あの女から聖女の力を取ってしまえばいい。

そして私は聖女となり、将来国王となるリオネル王子と結婚するのよ。そうすればこの渇いた気持ちもようやく潤って、満たされるはずだわ。

ただ失脚させるだけじゃつまらないわね……。

そうだわ。周りの人間の記憶を操作して、今まで聖女の力がないのに、聖女だって言い張ってたってことにするのはどうかしら？

うん、いいわね。最高に恥ずかしいわ。

いくらティクシエ公爵家の令嬢でも、そんなことを仕出かしていたと知られたら孤立するに違いないもの。

シルヴィが絶望で涙を流し、這いつくばる姿を想像したら笑いが込み上げてくる。

それって、最高だわ……。

こうして私は、魅了する力を使うことで人脈を手に入れ、大聖堂に仕えることに成功した。

練習を兼ねて、その辺の神官の力を吸ってみたけれど、やっぱり聖女になるには力が足りない。

早くシルヴィの力を吸いたい。

早くあの女が失脚して、苦しむ姿が見たい。

早く……早く……早く！

第五章　一緒に生きたい

「シルヴィ、今日はお招きありがとう。キミから招待してもらえるなんて珍しいから嬉しいよ」

「ありがとうございます。お忙しい中、無理を言ってしまって申し訳ありません」

「シルヴィに呼んでもらえるなら、どんなに忙しくても来るよ。お土産にブルーベリータルトを持ってきたから、よかったら食べて」

「わあ、嬉しいです」

私はソフィアの犯行現場を見たことをリオネル王子に話してみることに決め、彼を屋敷に呼んだ。

信じてくれる……かしら。

にわかには信じられないかもしれない。でも、一人では抱えていられない。

アンに紅茶とタルトを用意してもらった。

アンは準備を整えると、すぐに部屋を後にした。今日は両親もお兄様も外出していて遅くまで帰らないから、邪魔が入ることはない。

王城のパティシエが作ったブルーベリータルトは、私の昔からの大好物だ。

リオネル王子は私の好物をしっかり覚えていてくれて、お土産に持ってきてくれる。それがとても嬉しい。

でも、緊張で一口食べただけで胸がいっぱいになってしまう。

「シルヴィ、食欲がない？　体調が悪かったりする？」

「あ、いえ、食欲がないだけで、元気です」

「元気だけど、食欲がない……ってことは」

リオネル王子がハッとした表情を見せ、なぜか頬を赤らめた。

え、どうしてそこで照れるの？

「リオネル王子？」

「……妊娠すると食欲がなくなるよね？　中で出さなくても、妊娠することがあると聞いたけど、もしかして……」

「えっ！　ち、違……っ！　違います！　もうっ！　食欲がないのは、そういうのじゃなくて……っ」

予想外の質問に、顔が熱くなる。

ないから！　いや、全く可能性がないわけじゃないけど……って、そうじゃなくてっ！

「別に理由があるの？」

「はい、最近神官たちから、聖なる力がなくなる事件が相次いでいるじゃないですか？」

「うん、そうだね」

「あの、ですね。私、見てしまって……」

緊張で、声が震える。

「何を見たの？」

「実は……」

私はこの前見た一連の流れをリオネル王子に聞いてもらった。

前世ならスマホで動画におさめて、証拠にするなんてこともできるけど、ここではできないから何も証拠がない。

信じてもらえる……かしら。

「驚いた。ギルメット子爵家の令嬢が、そんな奇妙な力を持っていたのか」

「信じてくださるのですか？　証拠も何もないのに……」

「ああ、シルヴィが嘘を吐くはずないからね」

「……っ」

　嬉しくて、涙が出てくる。

「怖かったね。大丈夫だよ」

　リオネル王子が席を立ち、優しく抱きしめて私の髪を撫でてくれる。

　怖がっていると思って慰めてくれているのね。でも、この涙は違うのよ。

「でも、捕まえるには証拠が必要だから、現行犯で捕まえるしかないな」

「そうですよね」

「あれから被害は出ていないから、警戒しているのかもしれないね。ソフィア嬢には、見張りを付けることにしよう。そうすれば、いつか尻尾を出すかもしれない」

「はい、お願いします」

「シルヴィもあの女には、近付かないようにして」

「ええ、気を付けます。力を吸われる以上に、記憶を操作されるのが怖いですし……」

「ああ、力を吸った直前の記憶だけがなくなるのか、それとも広い範囲で操れるのか……一度につき一名だけなのか、それとも一度に何人にもできるのか……わからないことばかりなのが恐ろしいね」

「もし広い範囲で操れたとしたら、大変なことになりますね」

「ああ、誇張じゃなく、国が滅んでもおかしくない力だ。なるべく早めに片付けたいところだ」

見張りに犯行現場を目撃されたとしても、広い範囲で一度で何人も操れるとしたら、なかったことにできる。

……というか、そうだと思うのよね。

だってシルヴィは聖なる力が八歳の時からあったのに、ゲーム内では最初からなかったことにされているのだもの。

一度に一人しか記憶を変えられないなら、全員の記憶を変えるのにかなりの時間がかかる。だとすれば、一度に大勢の記憶を変えられるんじゃないかしら。

でも、この世界はゲームで、私はそれをプレイしていたユーザーで……なんて、リオネル王子に説明するわけにはいかないものね。

ソフィアの犯行を明るみにするのは、かなり大変そうだ。

「あ、それでなんですが、リオネル王子から頂いたこのネックレスが守ってくれたんですよ」

首元を飾っていたネックレスの宝石部分を撫でる。

「その、ネックレスが?」

「ええ、ソフィア嬢とジャンとのことを見た時、思わず出て行きそうになったんです。でも、その時にこのネックレスが熱くなって、身体が動かなくなったおかげで出て行かずにすみました。あの時に出て行ったら私、力を吸われていたと思います。ジャンを助けられなかったことは、申し訳なかったですけど……」

「他人よりも自分を大切にして。災いから身を守る国宝だとは聞いていたけれど、効果を発揮した話を聞いたのは初めてだ。本当に無事でよかった」

どうしてソフィアは、聖女になりたいのかしら……。

わからない。わかることは、難しいかもしれないけれどソフィアを捕まえられたら、悲惨なバッドエンドを回避できる。そうしたら、リオネル王子と幸せな未来を歩めるかもしれないということだ。

「はい、リオネル王子がこれをくださったおかげです。ありがとうございます」

「……そうか、ソフィア嬢の力を封じるために、あれを使えばいい」

「あれ、ですか？」

「ああ、城の宝物庫に、人智(じんち)を越えた力を封じる手錠がいくつかあったはずだ」

「えっ！　そんなものがあるんですか!?」

「ああ、宝物庫の管理は俺の担当なんだけれど、そういった不思議なものが結構置いてあるよ。手錠の存在を知った時は、なぜこんなものがあるかわからなかったけれど、今ようやくわかったよ。遥(はる)か昔からソフィア嬢のような力を持った者がいたから、対処するために作られたんだろうね」

昔から……。

そうよね。聖女だっているんだもの。ソフィアのような力を持った者が居ても全くおかしくないわ。

そんな道具があるということは、何者かが国に仇(あだ)なす事件があったのだろうか。

でも、そんな記録は残っていないはずだけど……ううん、色々あって残せなかったのかもしれないわね。

「すぐに取り出して、見張りに渡しておこう。ソフィア嬢が犯行に及んだ後、もしくは言質を取った後に手錠をかけてしまえば、もう力は使えない。後者の方が理想だね。被害が最小限で済むから」

「そうですね」

そんな対抗法があるなんて思わなかった。

リオネル王子に話してよかった。ソフィアの被害から逃れるには、ただただ距離を取るしかないと思っていたから。

「シルヴィが一番狙われる可能性が高いから、決して一人にはならないように」

「わかりました」

「本当なら聖女としての務めを休めたらいいのだろうけど、そういうわけにはいかないから。大聖堂に行く時は俺が付いて行くよ。どうしても都合がつかない時はルネに頼む」

「ありがとうございます！　心強いです」

「すぐに動いた方がいいね。じゃあ、俺は城に戻って……」

「あっ」

離れたくない……！

傍に居てほしくて、咄嗟にリオネル王子の袖を掴んでしまう。

「シルヴィ？」

「！　ご、ごめんなさい。なんでもないです」

私ったら、何しているのかしら。

すぐに袖から手を離すと、リオネル王子がその手を握ってくれた。

「シルヴィ、紙とペンを貸してくれる？　早馬を出して、ルネに知らせるよ。俺はもう少しシルヴィと一緒にいる」

私の気持ち、伝わっていたのね。

迷惑はかけたくない。でも、どうしても、今日はもう少し一緒に居てほしかった。

「……っ……ありがとうございます。すぐにお持ちしますね」

リオネル王子はすぐに手紙と宝物庫を動かす委任状を作ると、ルネ様へ早馬を出した。

「これで今日中には、ソフィア嬢に見張りを付けられる」

「よかった……リオネル王子、ごめんなさい。私が我儘を言ったせいで、ご迷惑をおかけしてしまいましたね……」

「シルヴィは我儘なんて言ってないよ。それに迷惑でもない。座ろうか」

「はい、アンに紅茶を淹れ直してもらいましょう」

机からソファに移動し、二人で並んで腰を下ろした。アンが淹れてくれた紅茶のいい香りが、部屋の中に広がる。

良い方向に動いていると思う。

でも、どうして？　胸騒ぎが止まらない。

「怖い？　大丈夫だよ。俺が必ず守るから」

リオネル王子は私の頬を大きな手で優しく包み込んでくれる。温かくて、ドキドキするけど、すごく落ち着く。

このネックレスを付けていれば、ソフィアから守ってくれる……とかないかしら。ううん、過信するのは危険ね。

ソフィアに力や記憶を吸われることや、悲惨な結末に向かう以上に怖いのは――。

「怖いです……リオネル王子が、私を忘れてしまわないか不安です」

リオネル王子が記憶を操作されて、私を忘れてソフィアを好きになってしまうことだ。

ずっと好きだった。だって推しだから。

でも、ずっと一緒に過ごしていくうちに、愛情を与えてもらえるたび、推し以上の気持ちを持つようになっていた。

私はリオネル王子が好き。ソフィアじゃなくて、私を見てほしい。一時的じゃなく、ずっと一緒にいたい。

「リオネル王子、ソフィア嬢に記憶を消されないでください。私を忘れないでください……絶対に……」

何を言っているんだろう。頼んだって、どうにかなることじゃないのに。

リオネル王子は私を抱き寄せ、唇を重ねてくる。

「ああ、大丈夫だよ。絶対に忘れない。たとえ記憶を操作されたとしても、こんなに愛しているんだから、忘れるはずがないよ」

角度を変えながら唇を吸われ、熱い舌が唇を割った。舌が入ってくると思ったその時、リオネル王子が唇を離した。

「リオネル王子？」

「……ごめん。俺の気持ちを信じられるまで触れないって約束していたのに」

そ、そうだった——……！

シルヴィが破滅するのはソフィアが原因だとわかった今、拒否する理由はない。むしろ触れてほしい……！

「あ……っ……あの、もう、リオネル王子のお気持ちはわかりました。ですから……」

ああ……っ！　自分から誘っているみたいで、すごく恥ずかしいわ……！　いや、触れてほしいんだから、誘ってることに間違いはないんだけど！

するとリオネル王子が、苦笑いを浮かべる。

「ありがとう。俺に気を遣ってくれているんだね。でも、大丈夫、ちゃんと待てるから」

予想外の反応に、私は頭を抱えた。

ち、違うのに～……！

「シルヴィ、どうしたの？　頭が痛む？」

そうじゃなくて……もう、えーいっ！

私は顔を上げ、自らリオネル王子の唇を奪った。

「ん……っ!?」

驚いたリオネル王子は背中から倒れ、私もその上に覆い被さってまた唇を重ねる。

自分からキスするなんて初めてで、リオネル王子みたいに上手くはできない。正直、とても拙いものだったと思うけど、それでも一生懸命頑張った。

舌を入れるとすぐに長い舌に迎えられて、ねっとりと絡められた。押し倒したのは私だけど、すぐに主導権はリオネル王子に移る。

「んぅ……ふ……んん……」

触れるだけのキス以上のことをするのは久しぶりで、すぐに蜜が溢れてきてしまった。

ああ、気持ちいい……。

どれくらいそうしていただろう。唇が離れる時には力が抜けて、リオネル王子の上にもたれかかって全体重を掛けていた。

「シルヴィからこんないやらしいキスをしてもらえるなんて夢みたいだよ」

「と、途中から、リオネル王子がリードしていましたけれど……?」

「どちらから始めたかってことが重要さ。シルヴィ、俺の気持ちが伝わっているから、もうしてもいいってこと?」

リオネル王子の手が、私の背中を撫でる。ドレスとコルセット越しなのに、彼の熱が伝わってくる。

直に触れてほしい……。

「ん……っ……は……はい……それから……」

「それから？」

あなたには私以外に素敵な人がいるって言ったのを撤回したい。でも、それは、ソフィアのことを解決した後に言えたら……。

「……鍵を、閉めてくださいませんか？　誰か入ってきたら、大変なことに……」

「ああ、わかった」

「きゃっ！」

一人で鍵をかけにいくのかと思いきや、リオネル王子は私を抱き上げたまま足早に扉へ向かう。

「どうして私をわざわざ持ち上げて……」

「片時も離れたくないからさ」

リオネル王子は素早く内鍵をかけてベッドへ向かい、私を上に乗せて寝転んだ。

「えっ！　な……っ……どうして、私を上に乗せるんですか？」

「さっき上に乗ってもらえたのが嬉しかったし、興奮したから。ほら、わかる？」

「わかるって何が……あっ」

腰を動かされると、リオネル王子の硬くなったアレがお尻に当たってドキッとする。

もう、こんなに硬くなってるなんて……。

「……っ……わ、わかり……ますけど」

ど、どんな反応をしたらいいの……！

「ふふ、困ってる」

目を泳がせて狼狽（ろうばい）する私を見て、リオネル王子は楽しそうにクスクス笑う。

「もう、からかわないでください……」

リオネル王子が私のドレスを脱がせてくるので、私も彼を脱がせようとするのだけど、時折身体に触れられるたびに手が止まってしまう。

私のドレスの方が複雑な構造をしていて脱がせにくいのに、リオネル王子を脱がせるよりも早く私の方が裸にさせられた。

押し倒されて見られるのも恥ずかしいけれど、上に乗っている状態で見られるのもかなりくる……！

早くリオネル王子のことも脱がせたいのに、まだシャツのボタンを外しているところで止まっている。

「いい眺めだね」

「あ、あんまり見ないでください……」

「それは無理だよ。こんな魅力的なんだから」

リオネル王子の手が伸びてきて、私の胸を揉んでくる。指が食い込むたびに甘い刺激が走り、胸の先端がツンと尖っていく。

「シルヴィの乳首、美味しそうに尖っているね」

「……っ……だ、だって……リオネル王子が揉む……からで……んっ……」

「舐めたいな。届くように近付けてくれる？」

「えっ」

自ら乳首をリオネル王子に近付けろって言うの⁉ そんな恥ずかしい真似(まね)ができる⁉

「あ、あの、やっぱりこの体勢はやめませんか？」

正常位ならそんなことをしなくても、リオネル王子から近付いてきてくれる。できればそうしたい。

「いや、このままがいい」

そ、そんな～……！

「ほら、シルヴィ早く。それとも舐められるのは嫌い？」

胸の先端を指先で少しだけ擦られると、じれったい刺激が襲ってきて、身体がビクビク震える。

「ん……ぁっ……き、嫌い……じゃない……です」

むしろすごく好き……！

でも、そんなことは口が裂けても言えない。貴族令嬢じゃなくても。そんな恥ずかしいことは言えないわ。

「じゃあ、早く舐めさせて？」

リオネル王子が自身の唇をペロリと舐める姿はとても艶やかで、まるで美しい肉食獣みたいだ。

彼の赤い舌を見ると、過去に体験した胸の先端への刺激を思い出し、お腹の奥がキュンとする。

「シルヴィ？」

リオネル王子は絶対折れない。舐めてもらうには、自分から近付けるしかない。

「は、はい……」

恐る恐る胸の先端を近付けると、リオネル王子は楽しそうに笑って、私の望み通り舐めてくれる。

「ん……ぁ……んんっ……」

乳首を舐めてもらうために、自分から胸をリオネル王子の顔に近づけるなんて……。

舌に刺激を与えられるたびに、羞恥心すら甘い快感に変わってしまう。

「んん……シルヴィの乳首、甘くて美味しいよ」

「……っ……は……ん……ぁんっ……あぁ……んっ！」

大きな声を出したら、外に聞こえて大変なことになる。抑えないといけないと思いながらも、すぐ頭から抜けて大きめの声を出してしまう。

「舐めていると、どんどん硬くなっていく。俺に舐めやすいようにしてくれているのかな？　可愛いね」

少し強めに吸われると、腰がゾクゾク震えた。

「ぁ、んっ！　へ、変なことを……言わないでくださ……」

「違うの？　こんなに尖っているのに」

リオネル王子は私の胸の先端を舐めながら、空いている方の手でもう一方の先端を抓み転がしてくる。

「〜〜……っ……も……リオネル王子……」

「リオ」

「え？」

「前から思っていたんだ。そう呼んでもらいたいなって」

リオ――ゲームをプレイしていた時、ソフィアにも愛称で呼ぶようにお願いしていて、羨ましいと思っていた。

まさか、私に呼んでほしいって言ってくれるようになるなんて……しかも、前から思っていた？　何それ、嬉しすぎる。

「どうして前から思っていらっしゃったのに、今言うんですか？」

「それはもちろん、断られたらショックだからさ。でも、今なら了承してくれるんじゃないかって……あっている、かな？」

不安そうに尋ねられ、私は愛おしさのあまり、彼をギュッと抱きしめた。

「はい、あっています。あの……リオ」

恐る恐る名前を呼ぶと、首筋にちゅ、ちゅ、とキスされた。

「ぁ……っ……んん」

「ねえ、もう一回呼んでほしい」

「は……んんっ……リ……オ……」

リオは私の唇にキスをしながら、胸を可愛がってきた。さっきまで舐められていた先端が手の平で擦れ、甘い刺激が全身に広がっていく。

「シルヴィに呼ばれると、自分の名前がとても特別に感じるよ」

胸を可愛がっていた大きな手が太腿をしっとりと撫で、蜜で溢れた秘部に触れた。

「ぁんっ！」

指が動くたびに待ち望んでいた甘い刺激が襲ってきて、また大きな声が出てしまいそうになる。

「ぐしょ濡れだね。さっき飲んでいた紅茶が、全部出ちゃったんじゃないかってぐらい」

「……っ……ン……そ、そんなに……ですか？」

「ああ、ほら……」

リオは私の前に指を持ってきて、見せてくる。自分の蜜で濡れた長い指を見ると、恥ずかしくて顔から火が出そうだ。

「や……そんなの、見せないでください……」

「そういう可愛い反応をされるから、余計に意地悪したくなるんだよ？」

「～～……っ……もう……」

恥ずかしがる私に見せつけながら、リオは蜜の付いた指を舐め取った。

「きゃ……っ！　な、舐めないでください」

「いつも舐めてるのに？」

「そ、それはそうかもしれませんけど……」

そういう問題じゃなくて～……っ！

「ねえ、ここも舐めたいな。さっきみたいに近付けてくれる？」

「えっ」

「俺の顔に跨って、近付けてくれる？」

な……っ……な～～……!?

とんでもない要求をされ、目を見開いた。

「そ、そんなはしたないこと、できません……っ」

「はしたないところが見たい。シルヴィ、お願いだ。早くここを舐めさせて」

割れ目の間にある敏感な粒の周りを指でなぞられると、じれったい刺激が襲ってくる。

「ぁ……んんっ……」

膣口からトロリと蜜が溢れ、太腿に滴っていく。理性が溶けて、全部蜜になってしまったみたい。

頭がぼんやりする。

はしたないことをしてもいいから、そこを舐めてほしいと思ってしまう。

「さあ、早く舐めさせて」

耳朶を食まれると、お腹の奥がキュンと疼く。

「ぁんっ……わ、わかりまし……た……」

私は膝で立つと、恐る恐るリオの頭に向かって移動する。

「……っ」

とうとうリオの頭の上に差し掛かった。

な、なんて恥ずかしいの……。

「いい眺めだね」

「や……み、見ないで……ください」

「目を逸らしていたら、別のところを舐めてしまうかもしれないよ?　ここ とか」

内腿を舐められ、予想外の刺激に変な声が出た。

「ひゃんっ!」

「ふふ、ほら、ね?」

「もう、リオ……」

「さあ、もう少し屈んで、シルヴィの可愛いところを俺の口に近付けて」

「……っ……は、はい……」

ヘッドボードを掴んで、ゆっくり腰を下ろしていく。どれくらい屈んだらいいかわからなくて、ビクビクしてしまう。

「これくらい……ですか？」

「もう少しかな」

「……っ……これくらい、ですか？」

リオの息がかかって、ものすごく近いことがわかる。

リオの綺麗な顔を跨いでいるなんて、信じられない。恥ずかしい。でも——すごく興奮しているのも事実だ。

私、変態なの……？

「うん、ちょうどいいよ」

割れ目を指で広げられ、敏感な蕾をペロリと舐められた。

「ひゃ……んんっ！」

甘い刺激が襲ってきて、膝がガクガク震えた。リオの熱い舌が別の生き物みたいに動いて、次々と激しい快感が襲ってくる。

「ぁっ……ぁんっ……は……ぅ……っ……んんっ……」

あまりの快感に身体から力が抜けていく。

リオの上に座り込んでしまいそうになるのを必死に耐えていると、敏感な蕾をチュッと吸われ、私は大きな声を上げて絶頂に達した。

「もう達ってくれたんだね」

危なくリオの顔の上に座ってしまうところだった。

「……っ……リ、リオ……お願いです……私、座っちゃいそう……で……動けなくて……だから、退けてもらえると……」

「ああ、わかった」

リオは楽しそうにクスクス笑いながら私の足の間から頭を抜き、崩れ落ちた私を後ろから抱きしめてくる。

「そのまま座ってもよかったのに」

「……っ……そんなわけには、いきません……あっ」

イッたばかりでヒクヒク疼いている膣口に、後ろから大きなアレを宛がわれた。

「シルヴィ、入れてもいい？」

尋ねておきながらも、リオはアレの先を入れてきていた。

「あ……っ……んんっ……いいです……けど、も、もう入って……」

「ふふ、ごめんね……あまりにもシルヴィの中に入りたくて、先走ってしまったよ」

私から了承を得たリオは、ゆっくりと私の中を押し広げていく。

「も……あんっ……ああ……」

「ああ……シルヴィ……キミの中は、本当に最高だよ。でも、久しぶりだから……かな。最後にした時よりも、狭くなっている気がするよ。シルヴィ、辛くない？」

リオのアレが、一番奥に当たる。私は快感に震えながら、小さく頷いた。辛いどころか、むしろ気持ちよくて堪らない。

ずっとしていなかったから？　お腹が空いた時に食べるご飯がものすごく美味しく感じるのと同じ？　よすぎて、入れられただけなのにおかしくなりそう。

「よかった。じゃあ、遠慮なく動かせてもらうよ」

リオは言葉通り、私の中を激しく突き上げてきた。

「ぁんっ！　あぁ……っ……は……ぅっ……んっ……んんっ……んぅっ……」

あまりにも気持ちよくて、声が我慢できない。

どうしよう。止められないわ。

このままじゃ外に聞こえてしまうと枕で顔を押し付けた。この体位でよかったかもしれない。

正常位もリオとくっ付けて興奮するけど、見えないで後ろから……って言うのも、すごく興奮する……って私、やっぱり変態なんじゃ⁉

「シルヴィ……また、キミを抱けて嬉しい……俺の気持ちをわかってくれて嬉しいよ……シルヴィ……愛してる……愛しているよ」

　愛を囁きながら激しく突き上げられると、身体以上に心が感じてしまう。

　あまりの激しさに、普段寝返りを打っても全然軋まないベッドが音を立てる。

「ん……っ……んっ……んぅ……っ……は……ぅ……んんっ……」

　私も愛してるって言いたい……でも、ソフィアのことが片付けてからって決めたんだもの。我慢しなくちゃ。

　というか、枕に顔を押し付けたこの状態じゃ言えないわね。

　私も同じ気持ちだって知ったら、リオはどんな反応をするかしら。きっと喜んでくれるわよね？

　想像したら、胸が温かくなる。

　私は一人で生きていくんだと思っていたのに、リオと歩める未来があるかもしれないなんて……ああ、嬉しい。今なら私、なんでもできてしまいそうだわ。

「ねえ、シルヴィ……ソフィア嬢のことが片付いたら、結婚式を挙げよう。もう、まだ待ってほしい……だなんて、言わないよね？」

　一番弱い場所を突き上げられ、絶頂がせり上がってくる。

「ん……っ……んんんっ……！」

枕で口を塞いでいなかったら、絶対に誰かが入って来てもおかしくない大きな声が出たに違いない。

私は絶頂に痺れながら、頭を縦に動かした。

「嬉しいよ。シルヴィ……約束だよ」

本当に嬉しそうな声に、胸の奥がキュンと切なくなる。

リオ、事情を知らなかったとはいえ、あなたがいつかソフィアに心変わりするだなんて思ってしまってごめんなさい。

もう二度と疑わない。だからどうか私の傍に居て。傍に居ることを許して――。

それからすぐにリオが王城に戻らないといけない時間になってしまったので、ゆっくりすることはできなかったけれど、心の中は温かいもので満ちていた。

私はリオが好き――。

リオにソフィアのことを話し、彼女に見張りが付けられてから一か月が経とうとしていた。

私はリオのおかげで、ソフィアと二人きりにならずに済んでいる。

そんな中、ギルメット子爵家の領地で、過去例を見ない大雨が降って各地で被害が起き、ギルメット子爵家は多大な負債を抱えることになってしまった。

元々不作でかなりの借金を抱えていたこともあり、社交界では没落間近なのではないかと囁かれている。

そしてリオが付けた見張りが手に入れた情報によると、造船業で成功を治めたシモン伯爵が後妻を探しているということで、ソフィアが妻に来てくれるのなら融資しようという話が出たらしい。

シモン伯爵はソフィアの父親よりも年上な上に好色家だと有名だ。

前妻も彼の夜の生活についていけずに衰弱して病死したとの噂だ。誰でも彼の妻になるのは嫌だろう。

ソフィアには焦りの色が見え始めた。

聖女となって、シモン伯爵家以上の男性と結ばれなければ後がない。

記憶を操れたとしても、借金はどうにもならないものね。

「シルヴィ様、今度二人でお茶をしていただけませんか？　二人きりでご相談したいことがございまして……」

大聖堂で顔を合わせると、必ずソフィアが二人きりで会う約束を取り付けてこようとする。

「ああ、ソフィア嬢、すまないね。ここしばらくのシルヴィの予定は、俺が貰っているんだ。ね、シルヴィ」

「ええ」

でもリオが側に居てくれて、私が断るよりも先に間に入ってくれるので、ものすごく助かっている。

「ですが、この前もリオネル王子と……」

「婚約者だからね。当たり前だろう？　それとも何か言いたいことでもあるのかな？」

「い、いいえ、とんでもございません」

リオは笑って尋ねるけれど、目は笑っていない。ソフィアもそのことに気が付いたようで、真っ青な顔で首を左右に振った。

「ここだけの話、もうすぐ挙式をあげようと思っていてね。その準備でかなり立て込んでいるんだ」

「そう、でしたか……おめでとうございます」

ソフィアはにっこり笑って祝福の言葉をくれるけれど、一瞬だけ表情が曇ったのを見てしまった。

ゲームをプレイしていた時は、ソフィアにこんな裏の顔があるだなんて思わなかったわ。

「ですが、たまにはシルヴィ様も息抜きが必要だとお思いになりませんか？」

「ああ、もちろんそう思うよ」

「さすがリオネル王子ですわ。同じ年頃の女性同士、息抜きを兼ねて美味しいお茶を飲みながら、お喋りをするのはとても息抜きになるとお思いになりませんか？」

「そうだね。俺もそう思うよ」

えっ！　リオ、そんなこと言っちゃっていいの⁉　否定しないと、ソフィアとお茶をする流れになっちゃうんじゃ……。

「でしたら……っ」

ほら、ソフィアが身を乗り出してるわ！

「シルヴィ、たまには気心が知れた幼い頃からの友人たちと、お茶をするのもいいんじゃないかな。交流が浅い人間と過ごす時間は疲れるだろうから、今は控えた方がいい」

なるほど、そういう流れに持っていくのね。

「ええ、ありがとうございます。お言葉に甘えて、そうしようと思います」

その言葉を聞いて、ソフィアが唇を噛む。

これで結婚式までは、ソフィアに誘われても「リオネル王子との約束を破るわけにいかない」と言って断ることができる。ありがたいわ。

「……っ……私も、シルヴィ様と仲良くさせていただけないでしょうか？　私には友人と呼べる方がいなくて、寂しいんです」

「ソフィア嬢、シルヴィは今、人の相談を受ける余裕がない状態なんだ。友人が欲しいのなら、俺の方から何名か紹介しよう」

「でも、私はシルヴィ様と……」

「ソフィア嬢、わかってくれるね？」

ソフィアの言葉を遮り、リオが強い口調で畳みかける。

「……っ……はい、わかりました」

王子に言われたら、了承せざるを得ないわよね。

「シルヴィ、今日の聖女の務めは終わりかな？」

「はい、先ほど祈りを捧げたので」

「じゃあ、送って行くよ。帰ろう」

「ありがとうございます。それではソフィア嬢、失礼しますね」

「ええ……ごきげんよう」

暗い顔をするソフィアを残し、私はリオと共に大聖堂を後にして彼の用意してくれた馬車に二人で乗り込んだ。

「いつも送ってくださらなくても大丈夫ですよ。ソフィア嬢はいませんし、リオもご政務でお忙しいでしょう？」

気を遣って言ったのに、リオは眉を顰めた。

え、どうして不機嫌に⁉

「リオ？　んっ」

いきなり唇を奪われ、心臓がドキッと跳ね上がる。しかも舌が入ってきて深くなる。

「……っ……ン……ふ……リオネル……王子？」

「シルヴィを屋敷まで送り届けることで、二人の時間ができるだろう？　俺はかなり楽しみにしている時間なんだけど、キミはそうじゃないの？」

不安そうに尋ねられると、胸がキュンと締め付けられる。

何この人……！　可愛すぎるでしょ！

「そんなわけありません。私も楽しみです。ですが、リオの負担を考えたら、手放しでは喜べないな……と思いまして」

私の答えを聞いたリオが、あからさまに嬉しそうな表情を見せるのでますます可愛く思ってしまう。

この人がこんなに可愛い人だったなんて知らなかったわ。

ゲーム上で見ていた時は、カッコいいとしか思わなかったけど、こんな一面もあったのね。知ることができて嬉しい。

「よかった。じゃあ、もう送らなくていいなんて言わないね？」

「ええ、リオがご無理なさっていないのでしたら、ぜひ送ってほしいです」

「ああ、心配してくれてありがとう」

どちらからともなく手を繋ぎ、座り直して身体を密着させる。

「リオのおかげで、波風を立てずにソフィア嬢と距離を取ることができています。ありがとうございます」

「ああ、けれどあの食い下がりようを見ていたら、まだ諦めていないと思うから、引き続き気を付けて」

「はい、気を付けます」

「早く尻尾を出して、現行犯で捕まえられたらいいんだけど……我慢を強いてすまないね」

「とんでもないです。でも、本当に早く捕まってほしいです」

リオのおかげで、私は危険から遠ざけてもらえている。でも、どうしてだろう。胸騒ぎが止まらない。

何か、嫌なことが起きる気がする……。

いつもリオにしてもらってばかり。私も何かリオにしたい。

「好きな殿方に何か贈り物をするとしたら、皆様ならどうしますか?」

親しい友人を招いたお茶会でそう尋ねると、令嬢たちがあからさまに身を乗り出した。

「まあ！　それはリオネル王子にお渡しする贈り物……ということですわよね?」

「ええ、そうです。リオ……リオネル王子に喜んでいただきたくて」

な、なんか照れる〜……！　前世でもこうして好きな人の話なんてしたことなかったから、すっごく新鮮だわ。

すると令嬢たちが、わあ！　と声を上げるので驚いてしまう。

「え、私、何か変なことを言ってしまいましたか?」

「いえ！　とんでもございませんわ。ただ、シルヴィ様がそういった相談をしてくださることが初めてだったもので、気持ちが高まってしまいまして……」

「本当ですわ。私たちはこういった相談をシルヴィ様にすることがあっても、シルヴィ様は一度もなかったですから」

「リオネル王子のお話をしたら、シルヴィ様は決まって困ったお顔をなさっていましたのよ。ですから、そういったことは私たちにはお話ししにくいのかな……と、少し寂しく思っていましたの」

「え、私、困った顔してました？」

令嬢たちが同時に頷く。

顔には出していなかったつもりなのに……！

リオネル王子と婚約破棄するつもりだったから、そういう話をされても困っていた……なんて本当のことは言えないし。

「ごめんなさい。お話ししにくいわけではなくて、その、気恥ずかしくて……でも、最近吹っ切れたといいますか……ですから、皆様、もしよろしければ、私の相談に乗っていただけますか？」

「ええ、もちろんですわ！　私たちにお任せください！」

令嬢たちに相談した結果、刺繍をしたハンカチを渡すことに決めた。

一応私は公爵令嬢だから刺繍は習っているけれど、得意じゃないのよね。

でも、リオなら喜んでくれる気がする。それにハンカチならずっと持っていてもらえるし、身につけてもらえたら私も嬉しい。

ハンカチと刺繍糸は直接自分の目で選んで購入したいのだけれど、私にはリオの計らいで王家の護衛二名が付けられているので、そこは根回しが必要だ。

「……ということで、リオには内緒で渡して驚かせたいんです。なので、私が買ったものは内緒にしていただけますか？」

ここは直接交渉させてもらう。

「もちろんです。王子もお喜びになるでしょう」

二人とも快く了承してくれてホッとする。

「ありがとうございます。じゃあ、よろしくお願いします。アンもよろしくね」

「ええ、もちろんです」

アンを連れて街に出た私は、悩みすぎてかなり時間がかかってしまったけれど、いいハンカチと刺繍糸を手に入れることができた。

「長い時間付き合ってくれてありがとう。少しカフェで冷たいものと甘いケーキを食べて休んで行きましょうか。護衛のお二人も召し上がってくださいね」

「いえ、自分たちはそんなわけには……」

「遠慮なさらないでください。自分たちだけいただくのは私が落ち着かないので、私のためだと思って」

「ありがとうございます。では、遠慮なく」

空が夜の準備を始め、空は赤く染まっていた。

いつもは綺麗だと思うのに、なんだか血みたいな色に感じて不気味だ。

なんだか、胸騒ぎがする……。

「シルヴィお嬢様、どうかなさいましたか？」

「いえ、なんでもないわ。早く行きましょうか」

カフェに入ろうとしたその時、街の子供たちが私たちの前を走って行き、最後尾を走っていた男の子が私たちの前で盛大に転んだ。

「う、うわぁぁぁん！」

「大変！」

私が駆け寄るよりも先に、護衛の方が素早く動いて子供を抱き上げた。

両膝がかなり深くすりむけて血が出ている。走り抜けていった子供たちも戻ってきて、男の子を心配そうに囲む。

「大丈夫よ。お姉さんに任せて。すぐ痛くなくなるし、傷も治るわ」

私は子供の前にしゃがんで、膝に手をかざす。

聖なる力よ。この子の傷を治して。

心でそう唱えると手の平から温かい光が出て、膝の傷がみるみるうちに治っていく。

聖女の力って本当に便利だわ。

ちなみに自分の傷も治すことができる。私はよく紙で指を切るからその時に「聖女でよかった!」って思っている。

紙で切ると地味にすっごく痛いのよね。前世で知ったことだけど、あれは傷口の中に紙の繊維が入り込むために痛むらしい。

「わ……すごい」

「これで大丈夫ね。もう痛くないでしょう?」

「うん!　ありがとう。お姉ちゃん、聖女様?」

あ、街の子供たちにも、聖女っていう存在は知られているのね。

「ええ、そうよ」

私が認めると、子供たちが歓声をあげた。

「すごい!　本物だぁ!」

「聖女様だぁ!」

な、なんか照れる……。

「さすがシルヴィお嬢様ですわ。お見事です」

「ありがとう。アン」

「本当に。次期サフィニア国王妃がシルヴィ様のように素晴らしいお方で本当によかった！我が国の未来は安泰ですね」

子供たちが騒ぐものだから、街の人たちが集まってきてしまった。

「残念ですが、これでは御身の安全を十分確保できそうにありませんので、カフェは諦めていただくことになってしまいそうです」

「仕方ありません。皆様方には屋敷でお茶をご馳走いたしますね。あ、アンは働かなくていいから休んで一緒にお茶をしましょう」

「お気遣いありがとうございます」

「遠慮なくいただきます」

「ありがとうございます。シルヴィお嬢様はいつもお優しくて……私、シルヴィお嬢様にお仕えできて本当に幸せです」

「もう、大げさなんだから。さあ、帰りましょう」

馬車に乗り込もうとしたその時、一人の幼い女の子が飛び出してきた。さっきの子たちとは別で身なりはボロボロで、身体は骨と皮といった状態だ。

「おい、止まれ」

「シルヴィ様に近づくな」

私に手を伸ばした女の子は、護衛たちの手によって止められた。

「聖女様、助けてください……っ！」

「皆様、大丈夫ですから、おさがりください。あなた、どうしたの？」

「あ……あの……あの……」

女の子はパニックになって、言葉がなかなか出せないようだった。

「大丈夫よ。落ち着いて話して。何があったの？」

「……っ……いっ……妹が熱を出して……っ……息をしてなくて……っ……」

大変だわ……！

早く息を吹き返さないと、脳にダメージがいったら、いくら聖なる力を使っても治すことができない。

「早く妹さんのところに案内して！」

「こっち……！」

「シルヴィ様！」

「お待ちください！」

足をもつらせながら走る女の子の後ろを付いて行く。

護衛の皆さんも付いてきてくれていたけれど、女の子の通る場所は狭いところが多く、細身の私でもかなりきつい。

鍛えていて大きな身体の二人が通れるわけもなく、途中でつかえて付いてこられなくなった。

「シルヴィ様！　お待ちください！」

「ごめんなさい！　でも、急がないと！」

女の子が足を止めたのは、ボロボロの家だった。

屋根も壁も穴だらけで、とても酷い生活環境を送っているのだということが入る前からわかる。

「ここ？」

「はいっ」

ここに辿り着いたのは、私だけ。

回り道をすれば来ることができるだろうけれど、場所はわかるかしら。

「妹は奥の寝室に……！」

「わかったわ」

急がないと……！

部屋に入って、奥の部屋を開ける。

あら？

寝室……と言ったのに、ベッドどころか家具が何もない。しかもそこに居たのは、女の子の妹ではなく、フードを目深にかぶった女性だった。

え……？

「えっ？　あれ？　何？　ここ、どこ？」

後ろを振り返ると女の子が目を丸くし、周りを見渡していた。

「あなた、どういうこと？　妹さんは？」

「私の妹……は、息をしてなくて……？　早く、助けないといけなくて……聖女様をここへ……痛っ」

女の子は頭を押さえ、その場にうずくまる。

「大丈夫……⁉」

「う……あ、あれ？　妹……なんて、いたっけ……？」

え……⁉

「いい子ね。さあ、教えた通りにやりなさい」

フードをかぶった女性がそう声をかけると、女の子はハッとした表情を浮かべる。その目は焦点があっていなくて、口はぼんやりと開いていた。

「は、い……」

女の子は部屋を出ると、扉を閉じた。

「え⁉　ちょっと、待って！　これはどういうこと⁉」

ドアを開けようとしても開かない。

鍵？　ううん、そんなものはなかったわ。何かドアの前に置かれた？　でも、あんな小さな女の子がドアを開かなくなるような重さのものをこんな短時間で置いたっていうの？　どこからそんな力が出るっていうの？

「ねえ、開けて！」

「それはできねぇな」

「そのお方がお話があるってんだ。大人しくそこにいろ」

男性の声が聞こえた。

え⁉　どこにいたの⁉　全然気が付かなかったわ。

――ここに居てはいけない。

本能がそう警報音を鳴らしていて、身体が震え、冷や汗が出てくる。

「ふふ、やっぱりあんたって、こういうのに弱いのね。偽善者だものね」

聞き覚えのある声に、鳥肌が立つ。

「あなたは……」

フードの隙間から覗いているのは、金色の髪だった。この人は、まさか――。

「ようやく二人きりになれたわね。苦労したわ」

女性はフードを脱ぐと、にっこりと微笑んだ。金色の髪に、エメラルドの瞳……そう、そこに居た女性はソフィアだった。

「ソフィア嬢!」

「息が止まった子供がいるって言うのは嘘よ。私が記憶を操っていたの。あの子供にそもそも妹なんていているのかしらね?」

もう、能力を隠す気はないのね。

「あら、驚いていないってことは、私の能力に気付いているの?」

「……ええ」

どうしよう。油断したわ。こんなところで二人きりになるなんて……。

「ふふ、驚いた。それも、聖女の力なのかしら?　ああ、だからこの私がせっかく二人きりで会いたいって言っているのに、断り続けたの?」

「そうです。能力を奪われて、私や私の大切な人たちの記憶を操作されるなんて絶対に嫌ですから」

「そんなこと言わないでよ。この私に貰われるのよ？　それって、すごく光栄なことだと思わない？」

ていうか、ソフィアってこんな性格だったの⁉　想像していたのより遥かにすごいんだけど！　さすがあのシナリオライターだわ。

「思うわけがないでしょう！」

思わず声を荒げてしまうと、ソフィアがクスクス笑う。

「いい反応ね。そうじゃないとつまらないもの。嬉しいわ」

ソフィアが近付いてくる。

聖なる力を使っても、吸われるだけよね？

リオから貰ったネックレスは肌身離さず身に着けている。でも、ソフィアの能力に敵うだろうか。

心臓がドク、ドクと嫌な音を立てる。

「私に見張りを付けたのはあんた？　それともリオネル王子？」

「リオネル王子です。どうしてわかったんですか？」

「ふふ、恐ろしく勘の鋭い人間から力を吸い取ったことがあるのよ。他の人間を欺けたとしても、私は欺けないわ」

そんな力まであったの⁉　え、最強じゃない？　どうするの？　これ……。

「そ、その見張りを欺いて、どうやってここに……？」

「お父様の部屋にある隠し通路を使って抜け出してきたのよ。あんたの家にもあるでしょ？

子爵家程度の屋敷にもあるんだから」

そういえば、あるって言っていたような……。

「ああ、ようやくこの時が来たのね。ずっとあんたが憎かった……あんたから聖女という座も、婚約者も、地位も名誉も何もかも奪ってやりたかった」

「私が憎い？」

聖女になりたいから私を狙っていたんじゃなくて、私が憎いから力を奪おうとしているってこと？

でも、シルヴィはソフィアが教会に来るまで何の接点もないはずよね？

「そうよ。……あんた、覚えていないの？　この顔、よく見てよ」

うん、可愛い。見覚えあるわ。だってずっとプレイしてきて、長い時間見ている顔だもの。

でも、そういう意味じゃないわよね。

「……っ」

何も言えずにいると、ソフィアが苛立ったようにため息を吐く。

「……そう、あんたみたいな高貴な人間が、私のようなボロボロの人間を覚えているわけないわよね。ああ、腹が立つ……私ばかりが覚えて……」

ソフィアは親指の爪を噛みながら、苛立ったようにブツブツ呟いた。

「どういうことですか？　私、ソフィア嬢とどこかで会ったことが？」

「……っ……うるさいわね！」

耳がビリビリと痛くなるぐらい怒鳴ったソフィアの顔は、ゲームで見ていたあの可愛くて愛らしい面影はどこにもなくて別人のようだった。

「あんた、子供の頃、たくさんの荷物を持って、道端にしゃがみこんでいた汚らしい子供に声をかけたでしょう？　それが私よ！　覚えているでしょう⁉　忘れていたら許さない！」

「しゃがみこんでいた……？」

記憶の扉が開く。

あれは確か私が聖女として目覚めてから間もなく、聖女の務めを終えた王城からの帰り道だった。

馬車から窓の外を覗いていたら、私と同じぐらいの年頃の子が、たくさんの荷物を抱えてしゃがみ込んでいた。

居ても立っても居られなくて声をかけたら、走ってどこかへ行ってしまった。

真っ青な顔をしていたから具合が悪いと思って、あれから大分探したけれど、見つからなかったのよね。

あの時の女の子の髪と目の色は――そうだわ。金髪にエメラルド色で、私と同じで珍しいと思った。

でも、まさか、あの時の女の子がソフィアだったなんて……！

「惨めな私に声をかけて、さぞかし優越感を覚えたでしょうね。嫌な女」

ええっ!?

なんという斜め上の解釈……！　私はただ困っているのなら助けたいと思っただけだったのに！

「ソフィア嬢、私はあなたのことを惨めだなんて思っていませんし、優越感なんて覚えていません。私は本当に助けたいと思っただけで……」

「上から目線はやめてよ！　あの時私がどれだけ惨めな気持ちになったと思っているの？　同じ年頃で、髪と目の色も同じ、それなのにどうしてあんたは、何不自由なくいい生活をしているの？　聖女だなんて、王子の婚約者だなんていい気になって！　腹が立つのよ！　憎くて、苦しくて、おかしくなってしまいそう……っ！」

ソフィアの心の内側が、こんなにも闇で染まっていたなんて……。

「だから盗ってやるって決めたのよ。あんたが聖女の力も、人からの信頼も、王子の婚約者という肩書きもなくして、落ちぶれるところを見られたら、ようやく私の中の苦しみが治まる……この心の渇きも潤うはずなの」

ソフィアの目がエメラルド色から、血のような赤に変わる。

この前、ジャンの力を吸った時と同じ色……！　まずい、力を取られる！

「……っ！」

彼女が手をかざすのと同時に、私も手をかざした。

聖なる力よ、ソフィアから私を守って！

ソフィアは私の手から出た光を吸い取ると、恍惚(こうこつ)とした表情を浮かべた。

やっぱり、吸い取られた……！

「ああ……すごいわ。ちょっと吸っただけで、なんて力なの。下級神官なんかとは比べ物にならないわ」

ま、まずいわ。力を使っても吸われる一方で対抗できない！

「さあ、その力、一滴残らず吸わせてもらうわよ」

「来ないで……！」

力を出すのをやめてドアを開けようとしても、向こう側で押さえられていて開かない。

「ここを開けて！　お願いよ！」

力いっぱい叩いても、ビクともしない。

「その力があれば、私の元の力も強くなるわ。周りの記憶を操って、あんたは……そうね。聖女じゃないのに聖女を名乗った罪で処刑するのもいいし、身分を剥奪して娼婦にするのも楽しそうだし、外国の貴族の性奴隷にするっていうのもいいわね」

「……っ」

それって全部、ゲームでのシルヴィの末路じゃないの！　まさか、ソフィアが原因だったなんて……！

「ああ、楽しみ。さあ、覚悟なさい」

「嫌……っ！」

ここまであんなに一生懸命頑張って来たのに、こんな形で終わるなんてあんまりだわ。

リオと幸せになりたかった……！

「きゃあああっ！」

肩を掴まれたその瞬間、リオから貰ったネックレスが強く光った。

「は……？　きゃあっ!?」

するとその時ソフィアが弾き飛ばされ、反対側の壁に強く叩きつけられた。

リオから貰ったネックレスがソフィアの攻撃から守ってくれたことに気付いて、ギュッと握った。

「う……ゲホッ……ゲホゲホッ……な……なん……で……」

ソフィアは激しく咳き込み、やがて意識を失った。

た、助かったわ……。

このネックレスは、ソフィアの力に対しても有効だったみたい。これがなかったら……と考えたら、ゾッとする。

悠長なことはしていられないわ。

いつまたソフィアが目覚めるかわからないし、ここから早く脱出しないと……。

扉を押してみるけど、やっぱりビクともしない。

どうしたらいいかしら。そうだわ。聖なる力を使って押してみる?

「全員動くな!」

あれこれ考えていると、扉の向こう側から、リオの声が聞こえた。

リオ、来てくれたのね!

「全員捕らえろ」

「は！」

「ひぃ！　助けてくれ」

「俺たちは悪くない！　俺たちは真の聖女様に頼まれて、偽の聖女を裁こうとしただけだ！」

「黙れ！」

大きな物音が聞こえる中、扉が開いた。

「シルヴィ！」

「リオ！」

リオは胸に飛び込んだ私を強く抱きしめてくれた。

向こう側にリオの部下の方々と共に、私についてくれていた護衛の二人が見えた。

私を見失ったこと、後でリオに叱られるかもしれない。

二人は悪くない。全て私のせいなんだから、後でしっかり説明しなくちゃ。

「やっぱりここにいた……！　無事だった⁉　あの女に何かされていない⁉」

「はい、危なかったですけど、リオのくれたネックレスのおかげで無事です。ソフィア嬢はあちらで気絶して……」

……るわよね⁉　そういえばすごい音で叩きつけられていたっけ。息はしているかしら⁉

ドキドキしながら凝視すると、かすかに身体が上下に動いているのが確認できた。

よ、よかった。生きているわ。

「好都合だ。今のうちに拘束させてもらおう」

「気を付けてくださいね……！」

「大丈夫だよ。例の道具があるから」

リオはソフィアの元へ向かい、宝物庫にあったという人智を超える力を封じる手錠を付けた。

「よし、と」

これでもう大丈夫……なのよね？

「あれ？　俺たちは何を……」

「記憶が……」

手錠を付けた途端に、操られていた人たちが正気に戻った。

すごいわ……！

「よかった。道具の力は本物みたいだ」

「あの、リオ、どうしてここがわかったんですか？」

「この女が監視の目を盗んで逃げ出したのがわかって、探していたんだ。同時にシルヴィが街に出かけているって聞いて、シルヴィを狙っているんじゃないかと。そうしたらここから強い光が見えたから、絶対にここにいると思ったんだ。二回強い光が見えたことで、すぐにたどり

だ。

これで、終わったんだ……もう駄目かと思ったけど、私、これからもリオの隣に居られるん
そっか、だからより光の場所がわかりやすかったのね。

外はすっかり暗くなっていた。

着けたよ」


夢じゃない……わよね？

緊張が解けて、その場にへたり込んでしまう。

「シルヴィ！　大丈夫⁉」

「は、はい、安心したら、力が抜けてしまって……ごめんなさい。少し休んだら、歩けると思うので」

「そんなこと言わずに、俺を頼って」

リオは私を横抱きにし、頬にキスしてくれた。

「あっ」

「ね？」

私はリオの首に手を回して、ギュッと抱きついた。

「はい、お願いします」

「お任せください。俺の可愛いお姫様」

リオとくっ付いた場所がとても温かくて、今が夢じゃなくて現実だと教えてくれた。

第六章　両想い

ソフィアの事件があってから数か月が経ち、今日は彼女の裁判が終わった。

終わり次第リオが屋敷まで来て報告してくれると言っていたけれど、一分でも早く結果が知りたかった私は、登城して彼の部屋で待たせてもらっていた。

せっかくお茶とお菓子を用意してもらったのに、とてもじゃないけど喉を通らなくて、全て残っていた。

私が待っているから、リオは走って戻って来てくれた。

ソファに並んで座り、リオからの報告を聞く。

「…………というわけだ」

「そうですか……でも、よかった。死刑にならなくて。リオ、力になってくれてありがとうございました」

神官たちの力を吸い取ったこと、私を襲ったこと、私の力を吸い取って、人々の記憶を操って聖女に成り代わろうとしたこと……。

その罪はとても重く、初めは死刑にすべきだという話になった。

でも、子爵家の令嬢であること、そして私の方から減刑してほしいとお願いして、リオが力になってくれたことで、離島の修道院に入ることが決まった。

ちなみにソフィアにあの手錠をかけた途端、吸い取った力は持ち主のところに戻り、操られた記憶も元に戻った。

ジャンも大聖堂へ戻って来られて、今まで以上に熱心に働いている。

「でも、いいの？　俺がシルヴィの立場なら、処刑になってほしいと思うし、俺個人としてもシルヴィに恐ろしい思いをさせた人間には、酷い目にあってもらいたいと思うんだけど」

私がゲームをプレイしていなくて、ソフィアの裏事情を知らなかったら、減刑してほしいとは考えなかったかもしれない。

幼い頃、本当にただ力になりたいと話しかけただけなのに、斜め上に解釈して勝手に恨んで、力を吸い取ろうとした上、破滅させようとしたんだから、とんでもない奴だわ。裁かれて当然よ！　としか思わないはず。

でも、ソフィアは子爵家の私生児で、とても辛い思いをして育った。

義母や義姉から虐待され、父親は我関せずで壮絶な人生を送っていた。きっとあたたかい家庭で育ったら、こんな風に歪まなかったと思う。

ソフィアだけが悪いわけじゃないのよ。

「はい、いいんです。彼女も別の意味での被害者ですから」

「そうだね。とても気の毒だとは思う……けれど、誰かに危害を加えた時点で、彼女は加害者だ。辛い思いをしたからといって、他の人間を傷付けていい理由にはならない」

「……はい」

それでも、責める気にはどうしてもなれなかった。

だって、ずっと応援してきた主人公だもの。

修道院での暮らしは、大変だと聞いている。でもその中で、幸せを見つけられたらいいと思う。

助かったからこそ、そう思えるのだろうけれど……。

今、ソフィアは地下牢に居て、明日離島へ向かうと聞いている。

ソフィアは今、何を考えているのだろう。

「そういえば、修道院に行くためにはソフィア嬢の力を抑えないといけませんよね？　ずっと手錠をしているわけにもいきませんし、どうするんですか？」

「ああ、手錠を腕輪に変えさせるよ」

「そんなこともできるんですね」

宝物庫――不思議な道具がたくさんあると言うけれど……。

「あの、時間を遡ることのできる道具ってあるんでしょうか」

「うーん、そういったものはないかな」

そうよね。そんな都合のいいものはないわよね。

「もし、あったとしたら、シルヴィはどの時間に行きたかった?」

「……ソフィア嬢は生い立ちのせいで、幼い頃から大変な思いをして育ったと聞きました。その時に遡って彼女を助けることができたら、今回のようなことにはならなかったのかなと思いまして」

「そうか、シルヴィは優しいね」

「いえ、そんな……」

「そういうところも好きだよ」

「リオ……」

リオは私の手を握ると、ギュッと握って頬にキスをしてくれる。

私もリオが好き。

推しとしてじゃなく、一人の男性として――。

自分の気持ちを伝えるのは、ソフィアのことが片付いてからって決めていたのよね。

告白と同時に刺繍したハンカチのプレゼントを渡そうと思っていた。

王家の紋章である金の薔薇に合わせて、リオの瞳の色をイメージした赤い薔薇もあしらってみた。

すごく上手！　というわけじゃないけど、私にしては上出来だ。作るのにものすごい時間がかかったわ。

「ソフィア嬢のことも落ち着いたし、約束通り結婚式の準備を始めていこうか」

「そうですね。……あの、でも、その前にお話ししたいことがあって……」

ああ、緊張する。そういえば私、告白するなんて初めてだわ。

「話？」

リオの顔が暗くなる。

あら？　なんだか不安そう……って、そうよね。長年、結婚式の話をしたら、婚約破棄をしたいしか言ってこなかったんだもの。不安になるのは当たり前だわ。

「違うんです！　暗いお話じゃなくて、あの……これを！」

私は持っていたバッグからハンカチを取り出し、リオに差し出した。

「ハンカチ？」

「はい、プレゼントです。今までの感謝とこれからもよろしくお願いしますということで、私が刺繍したものです。お世辞にも上手とは言えませんけど……よかったら受け取ってください。使っていただけたら嬉しいです」

リオは目を丸くし、ハンカチを凝視している。

あ、あら？

「リオ？」

リオはハッとした様子でハンカチから私に視線を移し、ハンカチを持っている私の手ごと握った。

「シルヴィが刺繍してくれたハンカチを俺に……？」

「ええ、ぜひ貰ってください」

「……っ……ありがとう」

ハンカチを受け取ったリオは、刺繍をまじまじと眺める。

そ、そんなに見られると恥ずかしいわ。よく見ると、歪んでるところとかあるし……。

でも、リオの目は幼い子供が宝物を見つけた時のようにキラキラ輝き、とても嬉しそうに口元を綻ばせているものだから何も言えない。

「王家の紋章だ。それに赤い薔薇？」

「はい、リオの瞳の色が赤なので、赤い薔薇も入れたくて」

「そうか、俺の色を……」

よかったわ。喜んでもらえたみたいね。

「シルヴィはすごいな。こんなに器用だなんて知らなかった。まさかこんな素晴らしい贈り物を貰えるなんて……」

思った以上に喜んでる姿が可愛くて、つい頭を撫でたい衝動に駆られる。

リオって恰好いいのに、時々すごく可愛いのよね。ゲームだとこんな一面は見られなかったから新鮮。もっと喜ばせたくなっちゃうわ。

って、まだこれで終わりじゃない。告白をしないと……。

「あの、それで……ですね？」

「うん？」

心臓がものすごい勢いで脈打ち始める。

ど、どうしよう。すごく緊張してきちゃったわ。

「……っ……わ、私……」

「シルヴィ？」

リオが首を傾げ、私の目を真っ直ぐに見つめてくる。

ああ、見つめられると、余計に緊張するわ。

リオはいつもこんな想いで、私に愛を伝えてくれたのかしら。

そのたびに私から婚約破棄の話をされて、どれだけ悲しい思いをしたのだろう。

罪悪感で胸が苦しくなる。

「リオ、今までごめんなさい……」

「え、何が？」

私の突拍子のない謝罪に驚いたリオが、首を傾げた。

「婚約破棄したいってずっと言い続けて……私、本当は結婚式をしようって言ってくれたこと、嬉しかった。好きって……愛してるって言ってくれたことも嬉しかったんです」

ドキドキしすぎて、息が、胸が苦しい。言葉が続けられなくて、左胸を押さえながら何度か深呼吸をしている間にリオが口を開く。

「……ほ、本当に？」

「え？」

「俺の気持ち、迷惑じゃなかったの？」

「迷惑⁉　まさか！　迷惑だったら今、結婚を了承したりしません」

「それは立場上だと思って、俺は王子で、キミは公爵令嬢だ。断れる立場じゃないだろう？」

「そうかもしれませんけど、迷惑だったら、結婚前に、か、身体を許したりするはずないでしょう？」

「いや、初めては媚薬を使って強引にだったし、一度したらどうでもよくなって許してくれたのかと……」

「媚薬を使われたって、なんとも思っていない方とできるはずないじゃないですか！　それに一度したからってどうでもよくなんてなりません！」

言葉にはしていなかったけれど、身体に触れてもいい許可を出したことと、結婚を了承したことで、私の気持ちは伝わっているものだと思っていた。

ずっと婚約破棄したいって言い続けてたから、後ろ向きな気持ちになってしまったのかしら。

リオ、ごめんなさい。

「本当に迷惑に思っていないの？　嬉しいと思っているって、本当に？」

もう、すっかり自信を喪失しちゃっているわ……！

「はい、本当です」

夫婦になるのだから、隠し事はなしにしたいと思っている。

とはいえ、いくらなんでも、この世界はゲームの世界で、私は結末を知っていたから……ということは、口が裂けても言えない。

言っていいことと、悪いことがあるのよ。このことは墓場まで持っていかなければ……。

ゲームのことは伏せて、本心を伝えよう。

「私はずっとリオのことが好きでした。でも、今までの私は、自信がなかったんです。過去はあんな我儘娘でしたし、リオは今私を好きでいてくれても、いつか現れる素敵な女性に心移りしてしまうんじゃないかって……私は心が弱いから、それが嫌だったんです。いつか終わりがくるのなら、最初からあなたに愛される喜びを知らない方がいい。一度でも愛された喜びをしったら、別れが来た時にそれが一生私を苦しめる。そう思ってあなたから離れようとしていました。全て自分勝手な思いでの言動でした。本当にごめんなさい」

リオが瞳を潤ませるのがわかった。

「シルヴィも俺と同じ気持ちでいてくれたなんて、夢みたいだ……」

「リオ、あなたが大好き。あなたとの別れが来るんじゃないかって、あなたが誰かに心変わりすることにずっと怯えていたけれど、今は違う。あなたを誰にも取られたくない。どんな女性が来ても私が一番だって言ってもらえるように努力します。だからリオ、私をあなたの妻にしてください」

リオは受け入れてくれるとわかっていても、彼の次の言葉に緊張して心臓が破裂するんじゃないかってぐらい脈打っていた。

「ああ、俺の妻になってほしい。こんな幸せなことがあるなんて……」

リオは私を強く抱きしめてくる。彼の気持ちが苦しいぐらい伝わってきて、涙が出てくる。

「長年悩ませて……苦しめてごめんなさい」

「いいんだ。…………でも、心変わりすると思われてるのは心外だな。俺は幼い頃からずっとシルヴィ一筋なのに」

「ご、ごめんなさい」

ゲームの事情を話せないから、どうしてもリオの心を疑っているような言い方しかできないのよね。

「たくさんキスさせてくれたら、許してあげるよ」

「はい、もちろんです。ん……」

リオは額、耳、頬、そして唇にたくさんのキスをくれた。もちろん触れるだけのキスじゃ終わらなくて、舌を絡ませて甘い濃厚なキスを交わす。

ここまできたら、もう止まるはずなんてなかった。リオは私をベッドへ連れて行くと、そのまま押し倒してドレスを乱してくる。

「あっ！　リ、リオ、キスだけじゃ……ないんですか？」

「ああ、当然、覚悟の上だろう？」

もちろん、そうなんじゃないかなって思っていた。

頷くとコルセットを緩められた。胸を可愛がられると、甘い快感が身体中に広がっていく。

「ぁん……っ」

私が感じるたびに、リオは恍惚とした表情を見せる。

今の表情もすごく魅力的だけど、さっきの可愛い顔が忘れられない。

あの顔が見たい……。

もしかして、私から積極的になったら、またあの顔が見られるかしら……。

「ん……リオ、待って」

「途中でお預け……だなんて言わないよね？」

胸の先端をチュッと吸われ、私は首を左右に振った。

「んんっ！　言いません……でも、あの……私もリオを気持ちよくしたいんです……」

「え、シルヴィが？」

リオがとても驚いた表情を見せる。無理もない。

この世界では前世と違って、女性が男性に触れるというのは、とてもはしたないとされている。

実際にゲーム中にソフィアが攻略キャラたちに頼まれて渋々……というシーンはあったけれ

ど、彼女が自ら望んでというシーンは一度もなかった。

「はい、あの、は、はしたないことを言っているのはわかっています。でも、リオに触れたい……駄目ですか？」

でも、リオなら私がどんなことを言ったとしても、全てを受け入れてくれるような気がしていた。

「触れたいだなんて……そんな、なんの面白味もない身体だけど……いいの？」

リオが頬を染め、嬉しそうに綻んだ口元を手で押さえている。

まんざらでもなさそう……というか、結構乗り気だわ！

「はい、好きな人の身体だから触れたいんです。触らせてください」

私は身体を起こして、リオの耳元でヒソヒソ話す。

「……っ」

リオの耳は真っ赤に染まっていた。

攻める時は大胆なのに、私から攻めるとたじたじしちゃって可愛い……。

いつも堂々としていて恰好いいリオの可愛い姿を見ると、ゾクゾクして、胸がキュンとするのよね。

ああ、ドキドキしちゃう……。

ボトムスの上からリオのアレに触れると、もう大きくなっていた。

あ、大きい……。

「あ……シルヴィ……」

子供の頭を撫でるようにそこを優しく擦ると、リオが甘い吐息を漏らす。

「もう、こんなに大きくなっていますね？」

「……っ……ああ……だって、シルヴィ……キミがあまりにも魅力的で……あ……そんな触り方をしては……んんっ……」

リオのアレはどんどん硬く膨らんでいき、ボトムスを苦しそうに押し上げていた。

「脱がせてもいいですか？」

耳元で尋ねると、リオが頬を染めて頷く。

「ああ……頼むよ」

ベルトのバックルを外して、アレを取り出す。

リオはその様子を情熱的な目で見つめていた。興奮していることが伝わってきて、私もお腹の奥が熱くなる。

「こんなに大きくなっていたなんて、苦しかったですよね？　我慢してえらいですね。たくさん撫でて差し上げます」

上下に擦ると、リオが甘い吐息を漏らす。

「う……く……っ……はぁ……んんっ……」

前世も今世も、私にこういった経験はない。でも、十八禁乙女ゲームをプレイしまくったから知識だけはたっぷりある。

うう、知識でテクニックも補えたらいいんだけど、すごく拙い動きだわ。お世辞にも上手とは言えない感じ。

それでも、リオは気持ちよさそうにしてくれているのが嬉しい。

それって私を好きだから……よね？　私もリオがテクニシャンじゃなかったとしても、感じちゃうもの。

胸の中が温かい。ああ、こんなに幸せなことがあっていいのかしら。

「リオ……ここを舐めてもいいですか？」

先端のくびれを指先でなぞると、リオが艶やかな声を漏らして頷いた。

「そんな……シルヴィの唇を穢してしまう」

「リオだって、いつもしてくれるじゃないですか」

「シルヴィは清らかだからいいんだよ」

どういう理屈!?

でも、嬉しい。

「リオだって同じですよ。上手くできるかわからないですけど、気持ちよくなってもらえるように頑張りますね」

邪魔にならないよう耳に髪をかけて、リオのアレをペロリと舐めた。

「ぁ……っ……シルヴィ……んん……」

確かこうして……こう……。

今までの知識を総動員して、リオのアレを可愛がった。

初めは恐る恐るといった感じだったけれど、だんだん要領がわかってきて少しずつ大胆になっていく。

「……っ……はぁ……シルヴィ……気持ちいい……よ……シルヴィの舌……っ……温かい……こんな小さくて愛らしい舌で、俺のを舐めてくれて……ああ……堪らない……」

リオの感じる表情が、声が、吐息が……唇や舌に伝わってくる感触が、私の興奮を高めていく。

膣口からはとめどない蜜が溢れ、太腿まで垂れていた。

「シルヴィ……もう、大丈夫だ……」

え？　どうして？

「ん……気持ちよくない……ですか？」

リオのアレから口を離すと、小さな穴がヒクヒク収縮を繰り返していた。鶏の雛が口をパクパクさせて親鳥にご飯をねだっているみたいで可愛く感じる。

「……っ……いや、気持ちいいよ……とても……」

「じゃあ、どうして……」

「もう、果ててしまいそうなんだ……シルヴィの口を汚してしまう……」

頬を赤くしながら息を乱し、恥ずかしそうに話すリオが愛おしい。

「そんなの気になさらないで」

私は再びリオのアレを咥えて、舌でなぞった。

「ぁ……っ……シルヴィ……駄目だ……ん……っ……く……本当に出て……しまう……から……っ……」

リオは私の口に出さないように、必死に快感に抗っていた。その様子を見ているとゾクゾクして、私はますますリオを激しく攻め立てた。

「シルヴィ……も、う……本当に……出てしまう、から……」

リオは慌てて私の身体を引き離し、そのまま押し倒してくる。

「あ……リオ……まだ、途中なのに……」

「キミの口の中を汚すのは嫌だ。でも、すごく嬉しかったよ」

胸から下へ向かってキスの雨を降らしていく。

「ぁんっ……くすぐったいです……んっ……」

「俺をたくさん気持ちよくしてくれたお礼に、俺もシルヴィをたくさん気持ちよくしたい」

私の足を左右に開かせたリオは、私の蜜で溢れた秘部を見てクスッと笑う。

「シルヴィ、すごく濡れているよ。俺のを舐めて、そんなに興奮してくれたのかな？」

「……っ……へ、変なことをお聞きにならないで……」

「変なことじゃないよ。知りたいんだ」

足の付け根にちゅ、ちゅ、とキスされると、こっちもキスしてほしいと訴えるように割れ目の間にある敏感な蕾が疼き出す。

答えないと、きっとしてもらえない……。

「そう……です……興奮、しました……だって、好きな人のを舐めていたんですもの……興奮しないわけがないじゃないですか……」

恥ずかしすぎてどうにかなりそうになりながらも素直に答えると、リオは嬉しそうに唇を綻ばせた。

「ふふ、そうなんだ。嬉しいな」

リオは艶やかに笑うと、私の足の間に顔を埋めた。

「ぁ……っ……あっ……あぁぁ……っ！」

興奮して熱くなった私の割れ目の間をリオの熱い舌がなぞり、泉のように蜜が溢れ出す膣道には長い指を埋められた。

私は一度もリオをイカせていないのに、リオは私を何度も絶頂に押し上げ、もう指一本動かせない。

「シルヴィ、キミの中に入ってもいい？」

こんなにイカされたのに、お腹の奥はさらなる刺激を待ち望んで、おかしくなりそうなほど激しく疼いていた。

「はい、来てください……」

早く中に入れてほしくて、リオの背中に腕を回す。リオの熱いアレが、私のトロトロにとろけた膣口を押し広げ、奥まで満たしていく。

「ン……っ……ぁあぁ……」

「シルヴィの口の中も気持ちよかったけど、こっちも気持ちいい……シルヴィの身体は気持ちいいところだらけだね」

「ふふ、リオったら……あっ……んんっ……ぁんっ……あぁっ！　あぁんっ！」

ゆっくりとした動きは始めだけ、リオはすぐに激しく私の中を突き上げてくる。呼吸も忘れるぐらいの快感が、次から次へと押し寄せてきて、もう何も考えられない。

「シルヴィ……愛してる。キミも同じ気持ちでいてくれるなんて……夢みたいだ……」

何も考えられない……は、嘘だわ。訂正する。

「あ……っ……愛して……る……愛してます……リオ……」

──リオを愛している。

それだけは、はっきりしていた。

私たちは何度も絶頂に達し、私の中は自分の蜜とリオの情熱で溢れかえっていた。

お互いの気持ちが通じ合ったのが嬉しくて、時間を忘れて求め合い、気が付くと深い時間になっていた。

リオと一緒だからお父様とお母様には特に咎められなかったけれど、お兄様にはかなり怒られて、しばらくの間、外出禁止になってしまった。

でも、リオが毎日手紙をくれるし、少しでも時間が出来た時には会いに来てくれたから、ちっとも辛くなかった。

第七章　キミが愛おしい人になるなんて

「リオ、お前の婚約者が決まった。ティクシエ公爵家のシルヴィ嬢だ。彼女からの希望だそうだ。その若さでもう女性からモテるとは、さすが私の息子だ」

目の前が真っ暗になった。

ハッハッハと笑う父上の髭（ひげ）を全てむしり取ってやりたい。

王族として生まれたからには、政略結婚は必須。いつか婚約者を宛がわれるとは思っていたが、シルヴィだけはやめてほしかった。

サフィニア国で唯一の公爵位を持つ名門ティクシエ家の長女、この国の未婚の令嬢の中で最も地位が高い。王子の俺に釣り合いの取れる家柄――。

政治的に結びつきを強くしたい国がある時は、その国の姫を迎えることもあるそうだが、不幸なことに、現在政治的に結びつきを強くしたい国に姫は生まれてない。

だからって、シルヴィか……。

シルヴィ、それは俺が最も苦手な人間だった。

見た目こそは麗しいが、中身は最悪だ。我儘で、高慢で、口を開けば文句か自分を褒めるように強要してくる。

自分の我儘がどれだけ通るか、顔を合わせるたびに試してくる。こちらが拒否すれば癇癪を起こす。

とにかく面倒で、関わり合いたくない女……それがシルヴィだ。

よりによってあんな子に好かれるとは……。

俺も嫌いだし、周りからの評判も最悪だ。地位があるから何も言えず、泣き寝入りしている令嬢たちは数多くいるらしい。

あの子が、俺の婚約者——将来の伴侶、未来の王妃……。

サフィニア国が終わる。なんとしてでも阻止しないと。

「父上、シルヴィ嬢だけは嫌です。考え直していただけませんか?」

「何を言う。ティクシエ公爵家に勝る名家はないぞ。それにシルヴィ嬢は幼くしてあの美貌、将来は見つめるのも難しいぐらい眩しい美女になるぞ」

「父上、俺は見た目が美しくて性格が悪い女性より、不細工でも器量が良く性格のいい女性の方が好ましいのですが……」

「何を言う。シルヴィ嬢は見た目も性格もいい完璧な令嬢だろう。ははん、リオ、お前……さては照れているのか？　年齢より大人びていると思っていたが、案外可愛いところもあるじゃないか」

父上は俺の頭をグシャグシャに撫でた。

シルヴィの数多くある嫌いなところの一つは、自分より上の立場の人間には猫を被るところだ。俺も彼女より地位が高いのに、俺には猫を被らず我儘放題なのがさらに腹が立つ。

シルヴィと結婚するなんて絶対に嫌だ。

婚約式までに絶対父上を説得して婚約を阻止しようと思っていたのに、不運なことに俺はその日から流行り病にかかって隔離されることとなり、説得できないまま婚約式を迎えてしまった。

「あぁ、もう、足が痛いっ！」

「だから踵が低い靴を履いてくるように言っただろう」

「だって、この方が可愛いんだもの！」

シルヴィは踵がかなり高い靴を履いてきて、足が痛いと騒ぎ出していた。

ああ、うんざりする。

東にある遠い国では、三つ子の魂百まで……という言葉があるらしい。幼い頃の性格は、年をとっても変わらないという意味だそうだ。

俺もそう思う。このシルヴィが、大人になってまともな性格になるとは思えない。

俺の人生も、サフィニア国の未来もお先真っ暗だな……。

「もう、歩けないっ！　ねえ、お父様、抱っこして」

「今は駄目だ。我慢しなさい」

「やだっ！　抱っこ！　抱っこしてっ！　抱っこ！」

「シルヴィ、言うことを聞いて……」

愚図りながら先を歩いていたシルヴィは、地団太を踏んでいる最中に足をひねらせた。

「きゃあっ！」

シルヴィはそのまま背中から倒れ、床に頭をぶつけた。ゴンッ！　と大きな音がした。してはいけない音がした。

「きゃあああ！　シルヴィ！」

「頭を打った！　早く医師を！」

「シルヴィ！　しっかりするんだ……！　シルヴィ！」

周りの大人たちが慌ててシルヴィを心配する中、俺は少し離れた場所でぐったりする彼女を眺めていた。そして人として考えてはいけないことを考える。

このまま死んでくれたら、結婚しないで済むのに……。

そんなことを考えていたら、シルヴィが目を覚ました。目を開けた彼女が、なぜか前とは違うように見えたのはどうしてだろう。

シルヴィは幸いにも後遺症はなく、あれからも元気に過ごしているらしい。俺にとっては幸いじゃないけど……なんてことは、口が裂けても言えないけど。

見舞いに行くのが礼儀なのだろうが、どうしても会いたくなくて、忙しいと誤魔化して見舞いの品だけを送り続けていた。それが気に食わなかったのだろう。

「リオネル様、シルヴィ公爵令嬢からお手紙が届いています」

「後で読むから、そこに置いておいてくれ」

シルヴィから会いたいという手紙が、何度も届いていた。

頭を打つ以前とは違う文体だ。妙に大人びていてしっかりしている。誰かに文章を考えてもらっているのだろう。

本当に会いたいと思うのなら、手紙の内容ぐらい自分で考えればいいのに。

当然断り続けていたが、手紙がさらに続いて届く。これ以上断るのは無理だろうと会いに行くことにしたが――。

「リオネル王子、いらっしゃいませ。来てくださって、ありがとうございます」

一か月ぶりに会った彼女は、雰囲気がまるで違った。

いつもゴテゴテと着飾って、服を着ているというか、服に着られている状態になっていたのに、随分とシンプルな装いになっている。元々の素材が活きていて、とても愛らしく見えた
……って何を考えているんだ。俺は……相手はシルヴィだぞ。

「……ああ、もう、具合はいいの？」

「ええ、もうすっかり」

「見舞いに来れなくてごめん。なかなか都合がつかなくて」

「いいえ、お忙しい中、気にかけてくださってありがとうございます。お花やお菓子の贈り物、とても嬉しかったです」

でも、なぜだろう。いつも上から目線で、喋り方にも高慢さが出ているのに、今日は随分と謙虚というか……柔らかさを感じる。

シルヴィには礼儀として、会うたび、そしてイベントごとにプレゼントを贈っていた。

しかし彼女は、いつも「いらないけど、貰っておく」「こんなものを貰っても嬉しくない」と言い続けていた。

一番いい時でも「まあまあね」という返事で、形式上渡しているだけとはいえ、気分がいいとは言えない。

「いいえ、でも、シルヴィ嬢にとっては、どれも気に食わないものだったのでは?」

だから、つい嫌味を言ってしまった。

シルヴィ相手に何を言っているんだ。激怒されて、絶対、面倒なことになるに決まっているのに……。

しかし、シルヴィから返ってきた反応と言葉は、俺の想像とはまるで違った。

「とんでもないです」

シルヴィは俺が贈った見舞いの品について、次々と良い感想を並べた。見たことがない柔らかい笑みを浮かべ、本当に嬉しそうにしている。

新しく渡した土産のギモーブも、美味しいと言って喜んで食べた。

あまりに今までのシルヴィと違いすぎて、混乱してしまう。

頭を打った衝撃で、どうかしてしまったのか?

それにしては、話し方も違う。随分と大人びていて、まるで年上の女性と話しているみたいだ。

別人みたいなシルヴィは、俺にしてきた無礼の数々を詫びてきた。一体、どうなっているのだろう。

混乱していると、婚約を解消しようとまで言ってきて驚愕した。

「婚約してすぐに解消というのは体裁が悪いでしょうし、ある程度時間が経ってから……というところでどうでしょう?」

確かに時間が経ってからなら、なんとかなるかもしれない。

けれど、どうしてだろう。ここに到着するまでは婚約破棄したくて堪らなかったのに、今は惜しく感じていた。

「私から強引に迫った婚約ですし、リオネル王子も私のことはお嫌いなので、問題ないですよね?」

「嫌い?」

「はい、嫌いでしょう?」

そうだ。嫌いだ。

でも、目の前にいるシルヴィは、嫌いだと思えない。むしろ……自分でも驚くが、好感を持っている。

シルヴィだ。シルヴィなのに、なぜ別人のように感じるんだ?

婚約破棄は喜ばしいことだ。それなのに、どうして了承できないんだろう。

それからというもの、シルヴィは顔を合わせるたびに婚約破棄を口にするようになった。

頭を打ったショックで一時的に性格が変わったのかと思いきや、彼女はそれからずっとそのままだった。

性格が変わったのではなく、自分がどんなに愚かだったのだろうと後悔して、変わろうと努力しているのだ。

今まで酷いことをしてきた令嬢たちにも、わざわざ謝っているらしい。

自分の過ちを認めるというのは、とても難しいことだ。それなのにシルヴィは、努力して改善しようとしている。

そんな彼女は、以前と違ってとても魅力的に見えた。

以前は特別な理由がない限り会わないようにしていたが、俺は何かと理由を付けてシルヴィに会いにくるようになっていた。

シルヴィと話していて楽しく思える日が来るなんて思わなかった。彼女と話しているのが一番楽しい。彼女のくるくる変わる表情から目が離せない。

シルヴィは成長するごとに美しさを増し、内側から輝いているようだった。彼女への悪評はすっかり薄れ、最近では美しい上に性格もいい、素晴らしい女性だという話ばかりを耳にする。

「私たちが婚約して三年が経ちますし、そろそろ婚約破棄をしてもいいと思うんです。リオネル王子にはお手間を取らせてしまうことになりますが、どうかお願いできたら……」

そしてシルヴィは、顔を合わせるたびに婚約破棄を口にするようになっていた。俺はそれが嫌で、のらりくらりと交わしている。

でも、どうして嫌なのかわからない。

婚約なんてしたくなかった。でも、どうしてだろう。婚約破棄して彼女と特別じゃない関係になると考えたら、胸が苦しくなる。

俺のことを好きだから、婚約したいと言ったんだよな？　もう、好きじゃないってことか？

どうして好きじゃなくなったんだ？

転んで頭を打った時、酷いことを思ってしまったのがバレた？　それとも俺の今までの態度で幻滅した？

シルヴィ、キミの心が覗けたらいいのに……。

いつの間にか俺の心はシルヴィで埋め尽くされ、そんなことばかりを考えるようになっていた。

ある日、いつものようにシルヴィの元を訪ねると、彼女は読んでいた本に栞(しおり)を挟んで閉じた。

「本を読んでいるところだったのか。邪魔してしまったかな」

「いいえ、本はいつでも読めますから。それに、リオネル王子とお話する方が、本より楽しいです」

ああ、嬉しくて堪らない。

人が聞いたら、社交辞令だと笑うかもしれない。そうだとしても嬉しかった。

しかし、彼女が婚約破棄後に外国へ移住しようとしていると知って、胸の中がざわめいた。

どんな手段を使っても、彼女を傍に置いておきたい……。

この気持ちは一体、なんなんだろう。

自分の気持ちの正体を知ったのは、俺を狙う刺客が現れ、シルヴィが自分を犠牲にして助けようとしてくれた時だった。

彼女は聖女の力に目覚めたおかげで無事だったが、もし目覚めていなかったら……と考えたら、恐ろしさのあまり震えが止まらなくなる。

シルヴィがいない世界なんて耐えられない。


俺はシルヴィに恋をしているんだ……。


自分の気持ちを自覚してからというもの、シルヴィがますます輝いて見えるようになった。

彼女が自分の元から離れていくなんて絶対に嫌だ。

王子という立場を利用すれば、シルヴィを自分の傍に置いておくことは可能だ。でも、それでは彼女の心は手に入らない。

また、好きになってもらえるように努力しよう。

俺は婚約破棄したいというシルヴィの希望をかわしながら、彼女に好かれるように努力し続けた。

でも、シルヴィの心は、ちっとも動かなかった。

俺の婚約者だということは、当然国中に知られている。それなのにシルヴィが社交界に出ると、男たちの熱い視線が集まった。

見るなと言って回りたい気持ちをなんとか堪え、シルヴィに熱い視線を向ける男たちを睨むことにとどめる。

あまりに睨みすぎて、パーティーがあった後は、眉間が痛むようになった。

男……そうだ。シルヴィが俺を好きじゃなくなったのは、別の男に気持ちが移ったからじゃないだろうか。

どうして今までその可能性を考えなかったのだろう。

でも、誰だ？　誰を好きなんだ？

——嫌だ。シルヴィ……俺以外の男を想わないでくれ。

焦った俺は媚薬の入ったチョコレートを取り寄せていた。

何を考えているんだ。俺は……。

こんなことをしたら、ますますシルヴィの心は遠ざかる。

「……っ……何度も申し上げますが、私は、リオネル王子の隣に立つに相応しい女性ではありません。ですから、婚約破棄をした方がいいと思っています」

でも、止められなかった。

シルヴィを手に入れたい。子ができれば、どんなに俺から逃げたくても、逃げられないだろう。

俺はシルヴィを部屋に呼び、媚薬入りのチョコレートを渡した。

もう、後戻りはできない。

「ん〜〜……」

シルヴィは全く疑うことなく口に入れた。口に合ったみたいで、笑顔を浮かべて頬を片手で押さえている。

ああ、なんて可愛いんだろう。

シルヴィの白い頬がだんだん赤くなり、呼吸が乱れる。潤んだ瞳で見つめられると、今すぐに唇を奪いたくなる。

俺の他に好きな男がいるのか、怖かったけれどとうとう尋ねた。いないと言っていたけれど、本当だろうか。

というか、聞いて正直に話してくれるとは限らない。

聞いても、聞かなくても、胸の中がモヤモヤする。肺の中が黒い霧で満たされているみたいで、どんなに息を吸っても苦しくて仕方がない。

「も……う、遅いですね。私、そろそろ帰ります。ご馳走様でした」

シルヴィ、キミはどうしていつも俺から距離を取ろうとするんだ。

肺の中にかかった黒い霧がさらに濃さを増し、気が付けば俺はシルヴィをベッドに組み敷き、赤い唇を奪っていた。

「んん……っ！」

ああ、なんて柔らかいんだろう。

俺は夢中になってシルヴィの唇を奪い、咥内に舌をねじ込んだ。

彼女が食べたチョコレートの味がすると、彼女とキスしているという自覚が湧いてきて心が満たされる。

彼女を包んでいたドレスを剥ぐと、ミルク色の肌が露わになる。コルセットの紐を緩めると、豊かな胸がプルリと零れた。

あまりにも刺激的な光景に、思わず生唾を呑んだ。

獲物を目の前にした肉食獣は、こんな気持ちなのだろうか。

豊かな胸は想像していたよりも柔らかく、それだけじゃなくて張りがあって、いつまでも揉んでいたくなる感触だった。

「ぁ……っ……んんっ……」

揉むたびにシルヴィが零す甘い声があまりにも可愛くて、もっと聞きたくなる。

乳房は大きいが、乳輪や乳首は小さく愛らしい。ツンと尖った乳首を指先で弄ると、シルヴィが一際大きな声をあげた。

媚薬の効能のおかげだけど、俺の指で感じてくれているのは間違いない。それが嬉しくて、興奮して、下半身は痛いぐらいに硬くなっていた。

ずっとシルヴィとこうすることを想像していた。でも、現実のシルヴィは俺が想像していた彼女よりもうんと綺麗で、刺激的だった。

感じるシルヴィを見ていたい。

でも、この愛らしい胸の先端も舐めたい。

秘部にも触れたいし、唇にキスをしたい。

したいことがたくさんで、頭の中が混乱を極めている。気が付くと、誘うように尖ったピンク色の乳首に吸い付いていた。

「や……んんっ……ぁっ……や……舐めちゃ……ぁんっ……んっ……は……ぁ……んっ」

「ああ……可愛い……なんて可愛いんだ。シルヴィ」

舌先に愛らしい感触が伝わってきて、俺は夢中になって舌で舐め転がした。女性は男と違って、絶頂に達するのが難しいと聞く。

しかし、シルヴィは乳首を舐めただけで、絶頂に達した。媚薬のおかげだとはいえ、彼女を自分が達かせたという事実は、俺をさらに昂(たかぶ)らせる。

「シルヴィ、もしかして達ってくれたのかな？」

シルヴィは目をトロンとさせ、激しく呼吸を繰り返すばかりで何も言おうとしない。いや、話せないのだ。

話せないほど感じているなんて……ああ、なんて色っぽいんだ。

俺はもう堪らなくなり、己の分身をシルヴィの小さな手に扱かせていた。

変態と罵られてもおかしくない行為だが、もう頭がおかしくなっていて止められない。八年間のシルヴィへの気持ちが、爆発していた。

「シルヴィの手、スベスベで気持ちいいよ」

「……っ……リ、リオネル王子……っ」

「嫌だよね。ごめん。でも、その表情すら愛おしいよ。俺のことで感情を乱してくれることが嬉しいんだ」

絶対に嫌がっていると思ったのに、シルヴィの表情は心なしかまんざらでもなさそうに見えた。

……もしかして、シルヴィも乗り気で？　いやいや、媚薬の効果だろう。自分の都合の良い方に考えるのはよくない。

扱いてもらうのもいいが、俺もシルヴィの身体に触れたい。手が十本ぐらいあればいいのにと初めて思った。

俺はシルヴィのドロワーズをずりおろすと、彼女の膝を左右に開いた。

髪の毛と同じ色の恥毛が薄く生えているそこはピンク色をしていて、濡れた蜜がランプの光を反射してテラテラと淫猥に光っていた。

『リオネル王子、いいですか？　女性の秘部に夢を描いてはいけません。性器ですから、決して美しいとはいえませんのでお覚悟をしていてくださいね。変に夢を描いては、大事な時に萎えてしまうかもしれませんから』

教育係はそう言っていたが、シルヴィの秘部は美しかった。あまりにも美しくて、思わず指で広げてまじまじと見てしまった。

教育係はどうしてあんな嘘を吐いたんだ？　こんなにも美しいじゃないか。

「まるで朝露に濡れた薔薇の花びらのようだ」

指で触れると、温かくて、ヌルリとした感触が伝わってきてゾクゾクする。

これが、シルヴィの……。

想像していたものとは、まるで違った。

花びらのように美しい陰唇を堪能し、蕾のような場所に触れた。

確かここは、女性が一番快感を得られるという場所のはずだけど……。

「あぁ……っ!」

シルヴィが一際強く感じたのを見て、ここがそうなのだと確信した。

「ここ、好きなんだね。花の蕾みたいで可愛いな」

もう、我慢できなかった。

俺はシルヴィの乳首を舐めていた時のように、そこにしゃぶりついた。

「ひぁっ! ……ぁ……っ……そんな……あぁ……っ……や……んんっ……あっ……あっ……だめ……や……んんっ……!」

甘い香りがする。その香りを嗅ぐとクラクラする。興奮して、血が上りすぎているせいかもしれない。

舐めるたびに蕾がヒクヒク動くのが可愛い。

小さな膣口からはどんどん蜜が溢れ出していた。シーツにこぼれてしまうのが勿体なくて、できる限り舌で掬い取って飲み干す。

シルヴィはまるで麻薬のようだ。一度その味を知ったら、もうそれなしにはいられない。

ヒクヒク収縮を繰り返す膣口に指を入れると、キュッと締め付けられた。

なんて締め付けだろう。

痛がっている様子はないので、指をゆっくり前後に動かすと、ヌルヌルしていて、上がザラザラしていて、入れたら気持ちよさそうだ。

「ああ……シルヴィ……キミに触れられるなんて、夢のようだ……」

「や……イッちゃ……あっ……あっ……あぁぁ……っ！」

俺は夢中になってシルヴィの身体に触れ続け、媚薬がしっかり効いている彼女は何度も達してくれた。

もっと達かせたい……。

でも、俺の身体も限界だった。このままだと、何もしないうちに射精してしまいそうなところまで来ていた。

俺はあらかじめ用意しておいた痛み止めを枕の下から取り出し、シルヴィの膣口や膣道にたっぷり塗り込んだ。

シルヴィには少しも痛い思いをさせたくない。麻酔成分の他に媚薬が入っているから、感度は下がらないそうだ。

「あ……っ……や……待って……っ」

「もう、待てない」

拒絶するシルヴィの中に、己の欲望を沈めていく。

初めて入る彼女の中はあまりにも気持ちよくて、頭がおかしくなりそうだった。

中で出せば、妊娠するかもしれない。そうすれば、彼女は俺の元から二度と離れられないだろう。

「……っ……中で出したら、嫌いになります！　好きになんてなりません！」

そう思っていたのに、シルヴィのその言葉で怖気づき、俺は彼女の中で出すのをやめたのだった。

ああ、俺は中途半端に根性なしだな。

◆◇◆

ふわりといい香りがして、その香りに誘われるように目を開けた。

「あ、起こしてしまいましたか？」

目を開けた先には、女神が立っていた。美しい金色の髪に、神秘的なエメラルド色の瞳をした俺がずっと憧れ続けていた女性――。

「シルヴィ……」

結婚式の一か月前、俺はティクシエ公爵家を訪ねていた。

俺は時間が少しでもできると、シルヴィに会いに来る。十分しか会えない時だろうと、彼女に会いたい。

想いが繋がり合う前は、頻繁すぎるとしつこいと思われるだろうかと思って遠慮することもあったが、両想いになった今、遠慮はなくなった。

シルヴィは俺が無理しているんじゃないかと心配してくれていたが、そうではない。自分が会いたいと思って行動していると伝えたら、喜んでくれたのでなおさら遠慮はなかった。

俺はどうしたんだ？　ああ、そうか……。

どうやら俺は、シルヴィが席を外している間に座ったまま眠ってしまったらしい。風邪を引かないようにブランケットをかけてくれたところで目が覚めたみたいだ。

「寝てしまったのか……どれくらい眠ってたかな？」

「十分ぐらいですよ」

「十分も？　勿体ないことをした。せっかくシルヴィと一緒にいられる時間なのに……」

「ご政務だけでなく、結婚式の準備でお疲れなのですから、少しでもお休みください。あっ」

俺はシルヴィを抱き寄せ、膝に乗せた。頬を赤く染める彼女が愛らしくて、たまらず唇を奪った。

「んっ」

媚薬という卑怯な手を使って抱いたのに、俺を許してくれた優しい女性……。

しかし、どうかしているとしか思えない自分の行動で、彼女と両想いになるきっかけができたのだから、もし過去に戻れるとしたとしても同じ手段を取っただろう。

何度もキスしているのに、唇を重ねると気恥ずかしそうにするシルヴィが愛おしい。

「せっかく一緒に居られる時間なのに、眠るなんて勿体ないことはできないよ。シルヴィは俺との時間が大切じゃないの？」

大切にしてくれるとわかっている。でも、シルヴィの口から言ってもらいたくて、わざとそう尋ねる。

「もちろん大切ですよ。でも、お疲れなら休んでほしいんです。倒れては大変です」

ああ、なんて優しいんだろう。

「大丈夫だよ。シルヴィの顔を見たら疲れなんて吹き飛ぶし」

「もう、リオったら……」

嬉しそうに口元を綻ばせるシルヴィが愛おしくて、このまま押し倒したくなる。

駄目だ。昨日も求めてしまったし、また、前みたいに身体目当てだと思われたら大変だ。シルヴィに嫌われたら、俺の人生の終わりだ。

そう思っているのに、つい手が動いてシルヴィの柔らかな太腿を撫でてしまう。

「ぁ……っ……んんっ」

俺の手なのに、俺の言うことをちっとも聞きやしない。いや、本能に従順すぎるのか？

「それに俺が眠ったら、シルヴィだってつまらないだろう？」

「あ、いえ、そんなことないですよ」

あれ、そうでもなさそうだ。

俺だけがシルヴィとの時間を大切に思っているのだろうか。彼女にとっては特に大事じゃないのだろうか。

いや、自分と同じ気持ちでいてほしいというのは、よくないことだ。

そう考えながらも少しモヤモヤした気持ちになっていたら、シルヴィが頬を染めて笑う。

「リオの寝顔を見られるの、すごく幸せなんです。だから、つまらなくなんてないですよ。一緒にいられるだけで嬉しいです。いつも時間を作って、私の傍に来てくださってありがとうございます」

胸の中が熱いもので満たされた上に、花まで咲いたような気分になる。こんな可愛いことを言われたら、もう我慢できるはずがない。

俺はシルヴィを押し倒し、唇を奪っていた。

「ん……リ、リオ、今日は少ししか居られないって言っていませんでした？」

「うん、でも、少しでもシルヴィに触れたい。シルヴィは嫌？」

シルヴィは真っ赤な顔で首を左右に振り、俺の背中に手を回してくる。

「嫌なんかじゃありません。リオ、私も触れてほしいです」

「……っ……ああ、キミって人は、本当に……もう……」

「なんですか？」

キョトンとするシルヴィの唇を再び奪い、深く求めた。

「シルヴィ、愛しているよ」

「はい、私も愛しています」

キミという愛おしい人に出会えて、想いを繋げることができた。

自分の好きな人が、自分のことを好きになってくれる。それは奇跡みたいなことだ。ああ、なんて幸せなんだろう。

俺は奇跡のような幸せを噛み締め、シルヴィの甘い身体をたっぷりと堪能したのだった。

エピローグ　破滅じゃない未来

気が付くと、私の前をリオとソフィアが手を繋いで歩いていた。
え⁉　どうして！
『リオ！　待って……リオ！』
足が動かない。私はバッドエンドを回避したんじゃなかったの⁉
『リオ……リオ……！』
そんな……こんなことってないわ……！
「……………ルヴィ…………」
嫌よ。私、リオと一緒に居たい！　こんなの嫌よ！

「シルヴィ……！」

ハッと目を開けると、リオが心配そうに私を覗き込んでいた。

「リ、オ……？」

「起こしてごめん。でも、すごくうなされていたから心配で……」

そうだ。私はリオと結婚して、もう四年になるんだ。

「起こしてくれてありがとうございます。すごく怖かった……」

リオに抱きつくと、優しく頭を撫でてくれる。

「どんな夢？」

「リオがソフィアの手を握って、私から去って行く夢です……」

「大丈夫だよ。そんなことは絶対にありえないし、何度そんな夢を見ても、俺が起こしてあげる」

「リオ……ん……」

リオが優しくキスしてくれて、私を横にさせた。彼は私の手をギュッと握ってくれる。とても温かい。

「こうして手を握って眠れば、シルヴィの夢の中に行けるかもしれない。そうすれば、夢だよって教えてあげることができる」

「ありがとうございます。じゃあ、リオが悪夢を見ていた時には、私が助けに行きますね」

「ああ、頼もしいよ。夢の中で会えたら、デートに行こうか」

「ふふ、次は楽しい夢が見られそうです」

二人でクスクス笑い合っていると、寝室の扉がそっと開く。誰かと思えば、可愛い子供たちが入ってきた。

長い金色の髪に青色の瞳をした子がヴィクトリア、黒い髪にエメラルド色の瞳をした子がブロンシュ……そう、私たちの子だ。

さすが私とリオの子供だけあって、ものすごい美少女っぷりだ。

ちなみに双子で今は三歳、成長したらとんでもない美女になることは間違いない。成長が楽しみ！

「お父様、お母様……」

「ヴィクトリア、ブランシュ、どうしたんだい？」

リオが声をかけると、二人は瞳を潤ませる。

「怖い夢を見たの……」

「私も……怖くて眠れないわ」

二人揃って怖い夢？　さすが双子だわ。神秘的。

「そうだったのか、可哀相に、こちらにおいで。今日は一緒に寝よう」

リオは起き上がると、二人を両手に抱いてベッドへ連れてくる。二人を真ん中に寝かせて、私たちは二人を挟んで両端に横になった。

夫婦の広いベッドは、四人で寝てもまだまだ余裕がある。

「お母様も怖い夢を見て、お父様にお話をしていたところなのよ」

「お母様も？」

「ええ、二人はどんな夢を見たの？」

「私は戦争が起きる夢よ。怖かった……みんな死んじゃうの」

「私も戦争の夢……お父様が戦いに行って、か、帰ってこないの……」

最近戦争のことについて学んでいたみたいだから、その影響かもしれないわね。

可哀相だけど、王族に生まれたからには人一倍学ばなければいけない内容だ。

「大丈夫だ。お父様が戦争なんて起きないようにするから、何も心配することはないよ」

「「本当に？」」

二人が声を揃えて尋ねる。

「ええ、本当よ。お父様はすごい人なんだから。だから安心して眠りなさい。それに私は聖女よ？　何かあっても私がお父様を守るわ」

「昔、お父様が刺客に狙われた時、お母様が守ってくれたことがあるんだよ。格好良かったし、ますます好きになってしまったよ」

そうだったの？　初耳だわ。

「えっ！　すごぉい！」

「どうやって？」

さっきまで涙を浮かべていた瞳は、今はキラキラ輝いている。

「今日は遅いから、そのお話はまた明日にしよう。おやすみ。いい夢を見るんだよ」

リオは二人の額にキスをして、彼女たちの額に優しくキスを落とす。

「絶対明日、お話聞かせてね？」

「ああ、わかったよ。約束だ。さあ、おやすみ」

二人は約束を取り付けたことに満足し、しばらくするとスヤスヤ気持ちよさそうな寝息を立て始めた。

「目元はシルヴィに似ていて、鼻と唇は俺とそっくりだ」

リオは二人の寝顔を眺めながら、お互いの似ているところを見つけて並べる。彼がよくやる習慣だ。

「ふふ、そうですね」

「生まれてから三年も経つのに、まだ不思議なんだ。俺たちに子供がいるなんて……」

「ええ、私もです。こんなに幸せで、本当にいいのかなって思います」

リオから逃れないと破滅すると思っていたのに、まさかこんなことになるだなんて思わなかった。

「もちろん、いいに決まっているよ。シルヴィは幸せになるために生まれてきたのだから」

リオが手を伸ばして、私の頭を優しく撫でてくれる。

「リオもですよ」

「そうだね。それにこの子たちも、生まれてくるその子も」

「ええ、そうですね」

私はそっとお腹を撫でた。

膨らみ始めたお腹の中には、新しい命が宿っている。

シルヴィに転生したと気付いた時には絶望したものだけど、今はこんなに幸せ。

あの頃の私に心配することはないよ。リオはソフィアじゃなくてあなたのことがちゃんと好きだよって教えてあげたい。

「私たち、もっと幸せになりましょうね」

番外編　とっておきの贈り物

「はあ……」

リオと結婚してから半年ほど経つある日、私は自室で公務を片付けながら大きなため息をついていた。

「シルヴィ様、どうなさいました？　リオネル王子がいらっしゃらないから、お寂しいですか？」

紅茶を用意してくれたアンが、ニヤニヤしながら尋ねてくる。

そう、結婚した今も、アンに付いてきてもらって何かと面倒を見てもらっているのよね。気心が知れているから、リラックスできてありがたいわ。

現在リオは、王家の領地を視察中だ。国境ギリギリにあるから、明日の夜中に帰って来る予定。

一日でも離れるのは、確かに寂しいわ。結婚前は離れて暮らすのが、当たり前だったのにね。

「違うわよ。……うぅん、違わなくはないのだけど、悩みがあるの」

「どうなさいました？」

「リオは私を喜ばせるために色々プレゼントをくれるじゃない？」

「そうですね。贈り過ぎですと申し上げたくなるほどに……まあ、今に始まったことではなく、ご結婚前からですけどね」

毎日のようにくれるものだから、リオからの贈り物を保管しておくための部屋を作ったぐらいだ。

広い部屋なのにすでにいっぱいになりそうで、新しい部屋を増やすことが決定している。

「でしょう？　でも、私ってリオに何も返せていないのよね」

「リオネル王子がしたくてしていらっしゃることなのですから、いいんじゃないですか？」

「よくないわ。私もリオを喜ばせたいのよ。前に刺繍をしたハンカチを渡した時に喜んでくれたから、調子に乗って上手でもないのに色々手作りをして渡したけど、ネタ切れなのよね」

どれも渡した時にものすごく喜んでくれて、身につけられる物は毎日身につけてくれているし、それ以外も自室に飾って、毎日まじまじと眺めては笑みを浮かべてくれるという喜びっぷりだ。

ちなみに最初は政務室に飾ってくれていて、部屋を訪ねてくる人たちに毎日見せびらかしていたのだ。なので恥ずかしくて自室に飾るようにお願いしたという流れがある。

「アン、何か思いつくものはないかしら？」

「そうですねぇ……あっ」

アンがニヤリと笑う。

「なになに？　何を思いついたの？」

「ネグリジェはいかがですか？」

「ネグリジェねぇ……リオはたくさん持っていると思うけど」

「男性物じゃなくて、女性物ですよ」

「女性物のネグリジェ？　そんなものリオに渡してどうするの？」

「リオネル王子に着ていただくのではなく、ネグリジェを着たシルヴィ様が、贈り物というわけです。普通のネグリジェでは駄目ですよ？　特別に淫らなものです」

「……みっ⁉」

驚いて思わずペンを落としてしまった。後はサインするだけで仕上がる予定の書類のど真ん中に、インクの染みが広がる。

「やだ！　もう、最悪……っ」

時すでに遅し……文字が読めないほどの染みなので、書き直しだ。

「大丈夫ですか？」

「書き直しだけど、大丈夫よ。でも、どういうことなの……」

「男性が喜びそうなことをお伝えしたまでですよ。リオネル王子もきっとお喜びになりますよ。早速、仕立屋を呼びましょうか」

「えぇ～……本当に？」

「はい！」

アンの自信満々な返事に、心が揺れた。

喜んでもらえるのなら、それもありよね。

「……じゃあ、呼んでくれる？」

「かしこまりました！」

一時間もしないうちに仕立屋が到着し、ネグリジェのデザインが完成した。膝から下が透けているデザインだけど、品は失われていないので気に入った。

これなら恥ずかしくなく着ることができるわ。

リオ、喜んでくれるかしら……。

夜、災害になるんじゃないかってぐらいの大雨が降ったせいで橋が壊れ、かなりの回り道をしないといけないため、リオの帰城が数日遅れることとなった。

そして悪天候のせいで一隻の船が港に辿り着いていた。

それはなんと、小国ビエネッタの王子が乗った船だった。ガザニア国から帰る途中で座礁してしまったそうだ。

ビエネッタ国は二百年ほど前に我が国と対立した過去があり、仲は……正直、かなり悪い。

でも、豊富な資源を持つ国で、我が国には不足している資源もあるため、いつかは戦争で侵略するのではなく、平和的に友好条約を結びたいと思っている国だった。

ちなみに我が国の方が領土も軍事力も遥かに上だ。

これは恩を売る絶好のチャンスよ！

すぐに友好条約を！　なんてことにはならないでしょうけど、いつかに繋がればいい。リオもきっと喜んでくれるわ。

国王夫妻は旅行に出かけているため、今、重要な判断をするのは私しかいない。

失態は踏めないわ。必ず友好条約へ繋げないと……！

「皆様を王城へお連れして。けっして失礼がないように。船の損害状況も確認して。酷ければ、すぐに新しい船の手配をお願い」

こうしてビエネッタ国の一行を王城の謁見の間にお連れしたのだけれど、王子が頭に酷い怪我をしていることで、かなり殺気だっているようだった。

「くっ……っ……こんな状態の時に卑怯な。我がビエネッタ国は、サフィニア国になど決して屈しないぞ」

「そうだ！　そうだ！」

側近たちが今にも倒れそうな王子を囲み、私たちを睨み付けている。

な、何か誤解があるみたいね……というか、予想以上に我が国への印象が悪いみたい。ここまでとは思わなかったわ。

こちらの面子もピリピリし出すのを感じ、私はみんなに目で「落ち着いて」と合図した。

王子の栗色の髪は血で赤く濡れ、顔色が悪い。これは一刻の猶予もなければ、医者には治せない。治せるのは聖なる力のみだ。

他国にも聖女の力はあると知られてはいる。でも、具体的にどんな力なのかは国家機密としてほとんど隠されているし、実際に使うところは見せないことになっていた。聖女が他国に狙われるのを防ぐためだ。

でも、今は緊急事態だ。助けられる命を助けられないのは嫌だ。

「私が治します。そこを開けてください」

王子に近付こうとしたその時――。

「貴様！　アヒム王子に何をする気だ！」

「きゃ……っ！」

アヒム王子の側近の一人に肩を押され、私は無様に尻餅をついた。

い、痛ったぁ～！　油断したわ。

「シルヴィ様！」

「貴様、シルヴィ様になんてことを！」

護衛の兵が剣を抜こうとする。一触即発だ。

「やめなさい！　私は大丈夫だから」

「そちらが悪いのだろう！　アヒム王子に近付くな！」

ビエネッタ国の側近たちも剣を抜こうとする。仕方がないので、聖なる力を使うことにした。

「アヒム王子を助けたければ、動かないでください」

私以外全員動けなくして、アヒム王子に近付く。

これだけの人数を動けなくするのって、結構疲れるわね。なんだか甘い物が食べたくなってきちゃったわ。後で絶対アップルパイを作ってもらいましょう。

「貴様！　アヒム王子に近付くな！」

「シルヴィ様、治す必要などございません！」

言葉も封じた方がよかったかしら。

「く、来るな……」

「安心してください。今、怪我を治して差し上げますから」

怯えるアヒム王子の頭に手をかざし、聖なる力を送り込む。すると血が止まり、見る見るうちに傷が治った。

「痛みが消えた……？」

「痛みだけじゃありません。聖なる力で怪我自体を治しましたので、もう大丈夫ですよ」

また突き飛ばされないように距離を取ってから、皆が動けるように力を送るのをやめた。動けるようになった我が国の兵が、私を庇って前に立つ。

「聖なる力？　そうか、この国には聖女がいるんだった。ただの迷信かと思ったが、本当にいるなんて……なぜ、ビエネッタ国の王子であるこの僕を助けたんだ？」

よしよし、ここまで話せるということは、無事に治っているということね。さすが聖女の力だわ。

「怪我人を助けるのに理由なんてありません。それに我が国はビエネッタ国と敵対する気はございません。いつか手を取り合う関係になれたらと思っているのです」

「何……？」

「何か勘違いされていらっしゃるようですが、こちらへ来ていただいたのは、大変な思いをしていらっしゃるようですから、手助けができればと思ってのことです。船の修理の手配は整っております。船が直るまでは、どうか城にご滞在ください。ご挨拶が遅れましたが、私は王子妃のシルヴィ・ペルシエと申します。現在国王夫妻と王子は留守にしておりますので、何かございましたら私にご相談くださいね」

「王子妃……」

「お疲れでしょう。皆様のお部屋のご用意はできておりますので、どうか身体を休めてください」

こうして私はアヒム王子一行をもてなし、リオが戻らないまま数日が経った。

リオ、早く会いたいわ。

聖なる力を使って無事は確認できているけれど、とても寂しい。ただでさえ広い夫婦のベッドがもっと広く感じる。

リオのことを考えたら、胸がギュウッと締め付けられるように苦しかった。

リオが帰ってくるよりも先に、ネグリジェの方が届いちゃったわ。

夜、公務を終えた私は気持ちを紛らわすために、庭へ来ていた。いつもなら毎晩リオと散歩している場所だ。

かえって逆効果だったかしら。余計に寂しくなっちゃったわ。

「シルヴィ様、こちらにいらっしゃったのですね」

後ろから声をかけられ、驚いて振り返るとアヒム王子が立っていた。

「アヒム王子、どうなさいました？」

ビエネッタ国一向とは、毎日夕食を一緒にしていた。だんだんいい関係を築けてきたと思っている。

「一度二人きりでお話がしたく……」

「はい、どうなさいました？」

にっこり笑うと、アヒム王子が頬を染める。

あ、見惚れてる。まあ、無理もないわね。シルヴィの美貌は素晴らしいもの。特にアヒム王子は若いしね。

ちなみに彼は、私より一つ年下らしい。

「シルヴィ様、あんなにも失礼なことをした我々にこんなよくしていただき、本当にありがとうございます」

「お気になさらないでください。滞在中にお困りのことはございませんか？　何かございましたら、仰ってくださいね」

「とんでもございません！　よくしていただきすぎていて……！　あの、怪我も治してくださり、本当にありがとうございます」

「どういたしまして。元気になられて本当によかったです」

「それで、ですね。僕の考えとしましては、サフィニア国と友好条約を結びたいと思っているのですが……シルヴィ様の意見をお聞かせいただけましたら」

やったわ……！

「まあ！　とても素晴らしいと思います。遠い昔、争いになってしまいましたが、これからはぜひ関係を深めていけましたら、どんなによいことでしょう」

思わず身を乗り出すと、アヒム王子が両手を握ってきた。

「シルヴィ様……っ！」

……えっ!?　握手？　じゃないわよね？　両手を握っているし……。

でも、ビエネッタ国ではこれが握手の仕方とか？　それなら振りほどくわけにもいかないし、どうしたらいいのかしら。

「あ、あの、アヒム王子？」

「神様は意地悪だ。どうしてもっと早くに、あなたと出会えなかったのだろう」

「え?」

「あなたがリオネル王子と結婚する前に出会えていたら、僕にもチャンスがあったかもしれないのに……」

これって、もしかして……ううん、もしかしなくても口説かれてる⁉

「アヒム王子……っ」

手を振りほどこうとしたその時、アヒム王子の手を誰かが掴んだ。

「これはどういうおつもりですか? 二百年前と同じように、我が国と戦争を起こしたいのですか? アヒム王子」

顔を上げると、そこにはリオがいた。

リオ……! まだ帰れないはずなのに、どうしてここに⁉

「そちらがそのつもりなら、こちらは構いませんよ」

「め、滅相もございません。我が国は貴国と争うつもりなど少しもありません! 申し訳ございません……その、夕食に飲んだ酒に悪酔いしてしまったようで……どうか、どうかお許しください」

青ざめたアヒム王子はその場に膝を突き、深々と頭を下げた。

我が国に攻められたら、ひとたまりないものね……。

「リオ……ネル王子、私からもお願いします。お酒を勧めたのは私なんです。私にも責任があります」

「……二度はないと言っておきます。シルヴィ、行こう」

「はい」

リオに手を引かれ、私はその場を後にした。

「リオ、お帰りなさい。大変だったでしょう。無事でよかったです」

「……ああ、ただいま」

う……不機嫌な声だわ。そうよね。あんな変なところを見せてしまったのだもの。

「早馬を出したのですが、途中で合流できましたか？　ビエネッタ国の王子たちの船が……」

「ああ、合流した。対応してくれてありがとう」

「先ほど、友好条約を結びたいと言ってくれました」

「そう」

我が国のためにも頑張ったけれど、リオにも立派だったたって褒めてもらいたくて頑張っていたのに、こんなことになるなんて……。

リオと一緒に夫婦の寝室に入る。ランプの灯りに照らされると、リオの衣装のあちこちが泥で汚れていることに気付いた。

きっと急いで帰って来てくれたのね。だからこんなに汚れているんだわ。

「お帰りが早かったんですね。もう少しかかるのかと思っていました」

「……ああ、早くシルヴィに会いたくて、途中で馬車から下りて馬を走らせてきたんだ」

やっぱり……。

「嬉しいです。私も早く会いたかった……」

リオに抱きつこうとしたら、彼がサッと避ける。

相当怒らせてしまったのだとショックを受けていたら……。

「あ、ごめん。すごく抱きしめたいんだけど、見ての通りすごく汚れているから、シルヴィを汚してしまうと思って。待っていて。すぐに入浴を済ませてくる」

「そんなの……」

構わないのにと言い終わる前に、リオは浴室へ走って行った。

「ふふ、もう、リオったら……」

私も入浴を済ませておこう。そして……。

届いたばかりのネグリジェを持って、私はリオとは別の浴室へ向かった。

リオが入浴を終えるよりも先に寝室に戻って、別のネグリジェを持ってこなくちゃ……！

届いたネグリジェは、打ち合わせしていたものより随分と過激だった。

膝から下が透けているデザインだったはずなのに、どこをどう間違えたのか全部透けていて「え？　これ、着てる意味ある？」って聞きたくなるようなものだった。

リボンすら透けてるから驚いたわ。透けることにこだわりすぎじゃない⁉　これじゃ痴女よ！

着ていたドレスはアンにコルセットを締めてもらわないと着られないので、仕方なくこれを着たのだけど……鏡に映った姿は、あまりにもいかがわしくて直視できなかった。

ガウンを羽織って見えなくなっても、中身がこれだと落ち着かない。リオが戻る前に別のネグリジェに着替えようとしていたのだけど……。

「シルヴィも入浴してたんだね。一緒に入りたかったな」

私よりも先に入浴したリオの方が、普通に考えて早く戻ってくるわけで……。

「一緒には恥ずかしいです」

「身体を重ねるようになってから結構経つのに、相変わらず初々しくて可愛いね。そんな反応をされると、ますます一緒に入りたくなっちゃうな」

「もう……」

ど、どうしようかしら。どうやって着替えたらいい？

リオは扉の前で固まっている私を横抱きにすると、ベッドに連れて行く。

ああっ！　着替え！　これじゃ着替えが取りに行けないわ……！

「待って、リオ……」

「無理、待てない。シルヴィ、会えない間、寂しくておかしくなるかと思ったよ。シルヴィは違うの？」

「まさか！　私もです。リオ、会いたかった……」

唇を吸い合いながら、舌を入れて深く求め合う。

「んん……っ……は……んぅ……」

ずっと、こうしてほしかった……。

数日ぶりの深いキスはあまりにも甘くて、とろけてしまいそうなほど気持ちよかった。でも、リオの手がガウンの紐に触れたことで、ハッと我に返る。

「あ……リオ、待ってください……」

ガウンの紐を解こうとするリオの手を掴むと、彼の表情が悲しそうなものに変わる。

「嫌？　ごめん。さっき俺の態度が悪かったから、幻滅してしまった？」

「ち、違います！　でも、脱ぐのは……その……都合が悪いと言いますか……」

「都合が悪い？」

「その、何と言いますか……」

いかがわしいネグリジェを着ているから……だなんて言えない！　それこそ幻滅されてしまうかもしれないわ！

……いや、うーん、リオならなんでも受け入れてくれるような気がするけど、でも、恥ずかしいのよ。

するとリオが、しょんぼりとしてしまう。

「やっぱり、幻滅したんだね。ごめん、他の男がシルヴィの手を握っているなんて耐えられなくて、感情の制御ができなくて……」

ああ！　ど、どうしよう。変な誤解をしてしまっているわ！

「違うんです！　あの……」

もう、こんなの……正直に言うしか、道は残されていないじゃない！

「わかりました。正直にお伝えします……幻滅なんてしていません。もっと別な理由があります」

「別の理由？」

リオの顔が、険しくなる。

や、やめて！ 深刻な内容じゃないのよ。

「あの、硬くならないでください。大したことじゃないんです」

「うん」

そう言いながらも、リオからは緊張が伝わってくる。

「……あの、私の趣味とか嗜好じゃないということを先にお伝えさせてください。絶対に信じてくださいね？ 違いますからね？」

「趣味、嗜好？ うん？ わかった？」

リオはいまいち理解できていないようで、首を傾げつつ頷く。

「私、リオに喜んでもらいたくて、何をしたらいいか考えていたんです。それでアンが……あの、私がいつもより……その、少し刺激的なネグリジェを着たら、喜んでくれるんじゃないかって言って……あの、嬉しかったり、します？」

「うん！ すごく嬉しい。え、もしかして、この下に着ているの？」

「は、はい……」

リオが再び私のガウンの紐に手を伸ばすので、慌ててその手を掴む。

「そうなんですけど、待ってください。とんでもないことになってしまいまして」

「とんでもないこと？」

「仕立て屋との打ち合わせでは、膝下だけ透けるようにって言っていたんです。本当ですよ？　それなのに……」

「それなのに？」

う、うう、やっぱり恥ずかしい……！

掴んだままのリオの手が動いて、私のガウンの紐を解いた。

「あっ！　リオ……」

「そんな風に言われたら、ますます見たくなってしまうよ。焦らさずに、見せて」

「……っ」

ああ、もう、覚悟を決めるしかない。

ガウンを左右に開かれ、私はとんでもない姿をリオに晒した。

「こ、これは……」

裸を見せるより、恥ずかしいわ……！

「ああ……なんて刺激的な姿なんだろう。すごい。まさか、全部透けているとは思わなかったよ」

「も、もう、いいですよね？　なので私、着替えたくて……」

ガウンを着直そうとしたら、リオが押し倒してくる。

「あっ！」

首筋を吸われ、ネグリジェの上から胸を揉まれた。

ものすごく薄い布だから、手の温もりと感触が直で触れられている時と同じぐらいに伝わってくる。

「ん……っ……リ、リオ？」

「どうして着替えるの？　せっかく俺を喜ばせようとしてくれたのに。ねえ、この素晴らしいネグリジェをデザインした仕立て屋は誰？　褒美をあげないといけないね」

素晴らしい⁉

「ま、まさか、このとんでもないネグリジェを気に入ったんですか⁉」

まさかよね⁉　違うって言って！

「うん、すごく気に入った」

えええええええええっ！

気を遣って言ってくれているのかと思いきや、リオの表情を見るからに……本気だ。

「シルヴィの綺麗な身体を惹きたてている素晴らしいネグリジェだ。天才じゃないかな」

天才⁉　そこまで⁉

「形違いのものをたくさん作ってもらおう。明日早速呼ぶことにしようか」

この痴女にしか見えないネグリジェをさらに作るですって……⁉　冗談じゃないわ！

「そんなの嫌です！　恥ずかし……ぁっ……」

ネグリジェ越しに胸の先端を撫でられると、あっという間にそこがプクリと膨れ上がった。

「……っ……んんっ」

「布がこんなに薄いから、着たままでも可愛がることができちゃうね。このまま舐めたらどうなるかな？」

リオは尖った先端を布越しに舐めてくる。

「ん……ぁっ……だめぇ……っ……や……んんっ……」

舌が動くたびに濡れた布が擦れて、直接触れられているのとはまた違う刺激が私を襲う。

直接触れられるのもいいけど、こういうのも気持ちいい。

あ、新たな何かの扉を開いてしまった気がするわ……。

リオが唇を離すと、唾液を含んだ布が先端にペタリとくっ付いて、ますます淫らな姿になっていた。

「ああ、ますます素敵な姿になったね」

ていく。

「リオったら……」

濡れた布が張り付いた先端を指でクリクリ抓み転がされ、甘い刺激がそこから全身へ広がっていく。

「ぁ……っ……んんっ……！」

「この姿を絵に残しておけたらいいのに……ああ、なんて魅力的なんだろう」

「恥ずかしいです……」

「この恥じらう顔は、俺しか見られない特別な顔だ。とても可愛くて、色っぽくて、ずっと見ていたくなる……ああ、時間を気にせず、このまま寝室にずっと居られたらいいのにな」

恥ずかしいけど、リオが喜んでくれるから興奮してしまう。

ずっとリオのことが恋しかった身体は、瞬く間に高熱を出したように熱くなる。もうすでに秘部の間は潤んでいて、お尻まで垂れてきていた。

「こっちも……」

もう一方の胸の先端も舐められ、さらにいやらしい姿へ変えられた。まだ触れられていない秘部がジンジン疼いて、たまらず足と足を擦り合わせてしまう。

ここに早く触れてほしい……でも、我慢しながら他のところを触られるのも気持ちよかった。

「今日は着たまま愛し合おうか」

「……っ……リオが、そうしたいのなら……」

リオは身体を起こして服を脱ぐと、私の唇や首筋にたくさんのキスの雨を降らせてくれる。

「ん……っ……ぁん……」

リオの指や唇が触れるたび、幸せでなんだか泣きそうになってしまう。

「ああ、この数日間、キミに会いたくて仕方がなかったよ。シルヴィ……」

「私もです。リオ……急いで帰って来てくれて、嬉しいです……相当無理をしたんじゃないですか？」

「睡眠時間を削って走ったから、多少は疲れてるけど……でも、キミと会えない方が辛い」

「嬉しいです。でも、ちゃんと寝ないと身体を壊してしまいます」

「キミが隣に居ないと眠れないんだ。それに身の程をわきまえない虫も近くにいたし、居ても立ってもいられなくて……」

指が割れ目の間にある一番弱い場所を指先でなぞられると、そこから甘い快感が全身へと広がっていく。

「ン……っ……む、虫って……アヒム王子のことで……んんっ」

話している途中で唇を奪われ、カプリと甘噛みされた。

「んっ！　リ、リオ？」

「キミの可愛い唇と声で、あの虫の名前を呼んでほしくない。というか、俺以外の男の名前を呼んでほしくない」

「もう……んんっ……」

わかりやすい嫉妬が、心地いいと思ってしまう。

だって嫉妬は、愛されているという証拠だから。

「触れられたのは、手だけ？」

「はい、手だけです」

リオは私の手を取ると、チュッとキスしてくる。

「ちゃんと消毒しておかないとね」

「ふふ、リオったら。でも、ビエネッタと戦争なんてやめてくださいね？　せっかく友好条約を結びたいと、言ってくださったのですから」

「大丈夫だよ。ビエネッタから申し出てくるなんて驚いたよ。シルヴィに魅了されたからだね。シルヴィは女神以上に美しくて、優しいから、どんなに追い払っても虫が寄ってきて困るな。シルヴィは俺のなのに……」

リオは私の胸元を強く吸って、唇の痕を付けた。

「ん……っ……リオ？」

「俺のだっていう証だよ。もっと付けないとね」

リオは私の足の間に潜り込むと、割れ目の間を指でヌルヌル弄りながら、内腿に強く吸い付いて痕を付けてくる。

「ぁ……っ……んんっ……ぁんっ……リオ……そこ、弄り……ながら……なんて……ぁっ……んっ……」

「シルヴィの肌は白いから、すごく痕が目立つよ。もっと付けたいな……」

こうして秘部を可愛がられながら内腿に吸い付かれると、足元からゾクゾクと何かがせり上がってくる。

「ん……っ……リオ……わ、私……」

「ふふ、俺の大好きな可愛い穴が、ヒクヒクしてる。達きそうなんだね。シルヴィ……」

敏感な粒をなぞる指が、さっきよりも早く動く。次から次へと刺激を与えられた私は、あっという間に達してしまった。

「あっあっ……あぁあぁあっ……！」

「ああ……シルヴィ……なんて可愛いんだ」

私が達している間にも、リオは痕を付けるのをやめようとしない。彼が満足する頃、私は感じすぎて指一本動かせないぐらいになっていた。

何度イッても、私の身体は満足していなかった。一番奥が熱くて、早くリオの欲望を入れてほしくておかしくなりそうだった。

「リオ……」

「なぁに？　俺の可愛いシルヴィ……」

私が具体的なことを言わなくても、リオにはお見通しみたい。

リオは身体を起こすと私の上に覆い被さり、大きくなった欲望を割れ目の間で擦ってくる。

そうされるのも気持ちいいけれど、今の私はやっぱり――……。

「ん……っ……早く……早くリオのを……私の中にください……」

感じて乱れる呼吸を整え、リオの背中に手を回して懇願する。

「ああ、俺も早くシルヴィの中に入りたい」

リオは熱い欲望を膣口に宛がい、おかしくなりそうなほど熱くなっていた私の中にゆっくりと埋めていく。

「ン……ぁ……あぁ……っ……！」

「……っ……ああ……シルヴィ……ずっとこの中が、恋しかったよ……」

中が広げられる感覚がたまらなくよくて、眦（まなじり）から涙がポロポロこぼれる。

「ごめん。辛いかな？」

「えっ」

リオが勘違いをして動きを止めるので、私は慌てて首を左右に振った。

「や……っ……やめちゃ……嫌です……」

背中に回した手に力を入れて懇願すると、リオが私の唇にキスしながら一番奥まで欲望を入れてくれた。

「ん……んんっ……！」

ずっとこうしてほしかった――。

心まで気持ちよくなって、また涙がこぼれる。

「ごめん……気持ちよくて、泣いてたんだね」

「……っ……はい……気持ち……ぃ……っ……」

「俺もすごく気持ちいいよ。シルヴィ……愛してる」

「私もです……リオ、本当にお帰りなさい……ぁっ……んんっ……寂しかった……ぁんっ……ああ……っ」

リオが激しく突き上げてくるのを受け止めていると、離れていた寂しさでぽっかり開いた心の穴が、温かいもので満たされていくのを感じる。

「シルヴィ……今日は寝かせてあげられないかも。寝不足にしちゃうかもしれないけど……いい？」

「はい……」

私たちは離れていた時間を取り戻すように、空が明るくなってもお互いを激しく求め続けたのだった。

あとがき

こんにちは！　七福さゆりです。「破滅ルート回避のため婚約破棄したい悪役令嬢ですが王太子殿下の溺愛がＭＡＸです！　別れたいのに婚約者に執着されてます!?」をお手に取っていただき、ありがとうございました！

イラストを担当してくださったのは、なおやみか先生です。なおやみか先生、美しいイラストを描いてくださり、ありがとうございます！　美しいイラストと共に、本編もお楽しみいただけましたら嬉しいです。

転生ものは読むのも書くのも大好きなので、とても楽しく執筆することができました。ぶっとんだキャラを書くのが大好きなので、ソフィアを書くのがとても楽しかったです。というか、ソフィアパートを書くのが一番楽しかったです！（笑）

実は本編執筆中、私の愛犬の大ちゃんに肺腫瘍が見つかりまして、手術しなければ、今年持つか持たないかと言われてしまい、でも、持病があって手術できる状態ではなかったため、後は少しでも苦しまない死を迎えるための緩和治療をしよう……という方針となり、絶望しながら作業していたのですが、なんと名医さんとの出会いがございまして！

これまた本編執筆中に三時間に渡る手術を終え、無事に完治してこのあとがきを書いております。やったね！

結果ガンだったのですが、全部取りきれているし、転移もしていないから、天寿を全うできますとのことで、とても嬉しいです！

腫瘍が身体に対して巨大すぎて、転移していないのは奇跡でした！　そして術後は少しだけ悪化すると言われていた持病でしたが、悪くなっているどころかよくなっているというさらなる奇跡が起きてました〜！

ということで、この本は、とても縁起がいい本となっております（笑）

読んでくださった皆様にも、私たちみたいにハッピーなことが起きるように祈っております！　ハッピーなことがあったら、この本の感想と共にこっそり教えていただけたら嬉しいです☆

それでは、また、どこかでお会いできましたら嬉しいです！　ありがとうございました。七福さゆりでした。

七福さゆり

蜜猫F文庫をお買い上げいただきありがとうございます。
この作品を読んでのご意見・ご感想をお聞かせください。
あて先は下記の通りです。

〒102-0075 東京都千代田区三番町8番地1三番町東急ビル6F
(株)竹書房　蜜猫F文庫編集部
七福さゆり先生 / なおやみか先生

破滅ルート回避のため婚約破棄したい
悪役令嬢ですが王太子殿下の溺愛がMAXです！
別れたいのに婚約者に執着されてます⁉

2023年9月29日　初版第1刷発行

著　者　七福さゆり　

発行者　後藤明信

発行所　株式会社竹書房
〒102-0075 東京都千代田区三番町8番地1三番町東急ビル6F
email : info@takeshobo.co.jp

デザイン　antenna

印刷所　中央精版印刷株式会社

世界最強のラスボス魔道士は、巻き戻り令嬢を溺愛して甘々恋愛ルート突入です
猫屋ちゃき
Illustration なま
私の妖精姫。これから私は、
君のものになるよ
魔法学校で憧れていた先輩の天才魔道士、カールハインツが変貌して世界を滅ぼすのを見た後、時間が戻ったことに気づいたリーゼル。今度こそ悔いのないようにとカールハインツの元を訪れた彼女は元の美しい彼に会えた感激で思わず告白してしまう。「離れがたく思ってくれているのなら結婚しよう」すぐさまリーゼルに求婚し溺愛し始めるカールハインツ。驚きつつ幸せな彼女だが彼が闇落ちした理由は不明なままその時が近づき!?
蜜猫F文庫